Art Factory ncstreetsart®

Christian Keim

Das Beste und das Neueste

Prosa, Lyrik, Aphorismen und Kabarett-Texte

3

Impressum

Erste Auflage 2024
Alle Rechte vorbehalten
Copyright © 2024 Verlag ncstreetsart, Passau

Texte: Christian Keim (und genannte); Buch-, Umschlaggestaltung und
Titelillustration: Johannes Nathanael Straßer

ISBN 978-3-9825632-8-2

Verlag ncstreetsart
Große Messergasse 1
94032 Passau
Tel +4915123628665
info@ncstreetsart.de
www.ncstreetsart.de

Lyrik

Passauer Literaturabend

Ein Schiffsbug taucht
einer Schreibfeder gleich
In die schwarze Donautinte
Eine Schale Königsblau ist der Himmel
Der Mond liefert genug Licht
zum Schreiben unendlich vieler Geschichten

Himmlischer Machtwechsel

Nach kurzer Herrschaft
und aus heiterem Himmel
brach der Föhn zusammen.
Schwarze Wolken
stellen sich trauernd.
Doch in Wahrheit haben sie
nichts Eiligeres zu tun,
als mit Regen alles abzuwaschen,
was an den toten Sonnenkönig erinnert.

Tage im Nebel

Ein nicht enden wollendes
Nicht-Mehr und Noch-Nicht.
Eine gute Gelegenheit zum Verzweifeln.
Nur der nackte Baum
hüllt sich dankbar
in den weißen Mantel.

Haiku: Am Meer

Alles Land ist nur:
ein paar Federstriche im
unendlichen Blau

1. Mai 2012

Der Himmel
Mustergültig blau
Eine einzelne Wolke hat Feiertagsdienst
Natürlich trifft es die kleinste

Aufziehendes Unwetter

Der Himmel bläst
zum Sturm auf die Stadt.
Schwarze Wolkenreiter jagen heran.
Schon schießen sie
mit schweren Regentropfen.
Metallschnüre an Fahnenmasten
schlagen viel zu spät Alarm.

Passau

Passau vom Anger aus:
Eine Perle, in Beton gefasst.
Ungeduldige Autofahrer haben keine Augen
für die bunten, italienischen Häuser.
Und sie wissen nichts
von den Gassen ganz ohne Beton.

Dreiflusseck

Donau, Inn und Ilz
im immerwährenden Verdrängungswettbewerb,
den die Ilz jeden Tag aufs Neue verliert.
Dennoch tritt sie am nächsten Morgen wieder an;
die kleine Wald-Pomeranze will unbedingt ans Meer –
egal wie.

Jenseits-Vision

So stelle ich mir das Paradies vor:
Die Menschen lagern sich auf Maiwiesen,
unter blühenden Apfelbäumen,
an einem Fluss
und lesen Jean Paul.

Passauer Hochwassermarken

Meldestufe 1:
Da prangt ein Graffito an der Betonmauer
eine bunte Abkürzung
und ich kann mir schon denken, dass da jemand nicht
gut wegkommt
Die Donau liefert die Zeile, auf der es geschrieben
steht

Meldestufe 2:
Gestiegen ist die Donau
und liefert die Achse
an der die obere Hälfte des Graffitos sich spiegelt
unlesbar tut die Beschimpfung keinem mehr weh

Meldestufe 3:
Die Donau drängt es an Land
nur noch ein schmaler Streifen Betonmauer trennt sie
davon
das wird ein Kopf-an-Kopf-Rennen
Das Graffito ... ja wo ist das Graffito geblieben?

Ach, wie schön ist so ein Hochwasser!

Kloster Maria Hilf am Abend

Die Fensterscheiben von Maria Hilf
setzen der Abendsonne
ihr kraftvollstes Glühen entgegen.
Man könnte glauben, da drinnen
passiert gerade ein Wunder.
Ja, man könnte fast glauben.

Herbst

Herbst ist, wenn die Äpfel schmecken.
Arme in langen Ärmeln stecken.
Abende schwerer als Tage wiegen.
Fächerahornblätter am Boden liegen
wie tausend abgeschnitt`ne Kinderhände:
Ein buntes Mahnmal fürs eig`ne Ende.

Gewitterwolken machen sich an die Arbeit

Erst sind es nur wenige, die sich,
auffällig unauffällig, am Horizont herumtreiben.
Sie kundschaften die Lage aus,
dabei wissen sie längst, dass die Luft rein ist.

Die vielen, die nach ihnen kommen,
haben jede Zurückhaltung abgelegt.
Sie bauen Türme, recken Hälse,
um zu sehen, über wen sie gleich herfallen.

Ungeduldig warten sie auf den Wind,
der sie an ihren Einsatzort tragen.

Ortspitzen-Theater nach einem Mairegen

Schwere Wolkenvorhänge heben sich
für den nächsten Akt.
Das Bühnenbild: Himmel und Wasser
im dunklen Blau der Donau.
Alles wartet auf
den großen Auftritt der Sonne.

Herr Mond

Kritikern unserer Leistungsgesellschaft
ist Herr Mond ein leuchtendes Vorbild.
Er beweist: Man muss nicht immer voll da sein.

Außerdem gilt er als Stilikone.
Herr Mond ist so cool,
der sonnt sich sogar nachts.

Spätherbst

I

Nebelfetzen versengen Waldhänge
Schweigender Weltenbrand
hat die Sonne zur ohnmächtigen Zeugin
ausgesperrt hinter milchiger Wand

II

Noch am späten Vormittag
schläft die Erde unter blau-grauer Wolkensteppdecke
Kein Lüftchen wagt, sie zu wecken
Das wäre ohnehin Aufgabe der Sonne

III

Letzte Äpfel klammern sich an nackte Äste
Relikte vergangenen Überflusses
Hartnäckig die frostige Gegenwart leugnend
sterben sie in blutroter Schönheit

Frühlings-Haiku

Wandern im Frühling.
Die Sonne im Wald zeigt Grün.
Hier darf ich gehen.

September-Haiku

Du machst mich glücklich,
versprichst du mir das Blaue
vom Himmel herab.

Besuch in Bad Füssing

Eingangs des Parks
ein Teich
mit Karpfen darin,
dick wie Kurgäste.
Daneben eine Baustelle,
die darf keinen Lärm machen.
Blühende Blumen überall
und verblühte Menschen.

Ernte

Jene Tage sind mir die liebsten
an denen ich Gedichte pflücken gehe
von Baum zu Baum schlendernd
von Wiese zu Wiese
Jene Tage sind selten
denn Verse wachsen nur bei Absichtslosigkeit

Sommerabend

Mir stehen die Sinne nach einem Sommerabend
an dem die Stadt sich im besten Licht zeigt
an dem der Raum über die Fläche einen späten Sieg
                                              feiert
und die Wärme über die Hitze
Komm mit mir in den Garten
wo die Rosen nach Glück duften

Spätsommer 2018

Ein unsterblich scheinender Sommer
ist nun doch in die Tage gekommen
Voller Leidenschaft hat er sich schließlich verausgabt
Nun droht er nicht mehr uns zu verbrennen
sondern wärmt uns
zärtlich mit seiner Liebe

Pillhamer Eiche

Mutter
Baum
die Arme breitend
zu Schutz und Segen

Königin
Baum
die Krone geschmückt
mit Vogelgesang

Ewigkeit
Baum
vor der ich andächtig stehe
mit meinem kleinen flüchtigen Leben

Saußbachklamm bei Waldkirchen

Steine tragen englische Wachsjacken aus Moos
um unter dem Ansturm des Wassers Haltung zu
bewahren
Das junge Wasser ahmt das Tosen des alten nach
Vor dem Wehr: angespanntes Warten
auf den gefährlichen Ritt über die Felsen

Keine Tage

Es gibt Tage, an denen geben sich die Wolken keine
                                                Mühe

sind weder Riesen noch Einsteins
weder Hasen noch Krokodile
sondern nur Wolken

An diesen Tag sieht man das Blau des Himmels
das Gelb der Blumen
das Schwarz der Nacht
wie durch eine schmutzige Fensterscheibe

An solchen Tagen
ist alle Zeit gleichzeitig
Bekommt man diese Tage
am Ende des Lebens erstattet?

Neulich an der Ortspitze

Tun wir uns zusammen
sagte die Donau
und verschlang Inn und Ilz

Vom Oberhaus aus

Die Welt
die sich im Inn spiegelt
ist mir grün

„Kolle" (08/2017)

Ein Sturmmonster
entfesselt von Menschenhand
reißt dem Wald, seiner leichten Beute
das Fleisch von den Flanken
Abertausend Bäume sind geknickt
über die Unvernunft der Menschen

Liebe – wetterfest

Wenn Du lachst, wird die Sonne neidisch.
Wenn Du weinst, gibt es in Passau Hochwasser.
Wenn Du mir zürnst, kann man auf allen drei
Flüssen allein Schlittschuh laufen.
Wenn Du mir gut bist, gedeihen Obst und Wein.
Wie gut, dass ich die Wettervorhersage
Deiner schönen Augen immer besser zu lesen
                verstehe.

Liebe ist keine Gewohnheitssache

Ich kann mich einfach
nicht an Dich gewöhnen.
Nach all den Jahren
hüpft mein Herz
immer noch vor Glück,
wenn Du in meiner Nähe bist.

Angebote

Für Dich beginge ich einen Mord.
Nimm mich beim Wort!
Hätt´ nichts mehr zu lachen, falls Du Dich entfernst.
Nimm mich ruhig ernst!
Nicht nur mein Herz, auch mein Leib ist der Deine.
Wenn es Dir Spaß macht, nimm mich an die Leine!
Komm´ ich mit der Post, steck´ im Briefschlitz
                                    sodann,
schick mich nicht retour! Reiß mich auf, nimm mich
                                    an!
Wird mein Haar grau und meine Witze werden
seicht,
dann nimm es nicht tragisch, sondern nimm´s leicht!
Bin ich mal grantig, mach ein Riesen-Tam-Tam,
nimm mich erst auf und dann in den Arm!
Möcht´ Dein Lebenselixier sein – hoch wirksam und
                                    gut verträglich.
Nimm mich schon mal heut´ Abend und danach
                                    dreimal täglich!

Zauberspruch bei Liebeskummer

(Dreimal täglich mit reichlich Alkohol aufzusagen)

Liebe ist ein – bei näherer Betrachtung –
unappetitlicher Trick der Natur,
die Menschheit vom Aussterben abzuhalten,
und vom Denken.
Beides mit großem Erfolg.
Es gibt keine Liebe, es gibt nur Hormone.
Es gibt keine Liebe, es gibt nur Hormone.
Es gibt keine Liebe; und Hormone sollte es auch
                                    nicht geben.

Sehnsucht I

Jede Sekunde ohne Dich ist eine zu viel.
Es quälen mich, die mich über die Zeit trösten
                                    wollen.
Ich handle leeren Herzens.
Wann nimmst Du endlich Deinen Platz dort wieder
                                    ein?

Sehnsucht II

Du bist fort,
und alles um mich herum beginnt sich aufzulösen.
Die Blumen lassen die Köpfe hängen,
obwohl ich sie täglich gieße.
Der Kühlschrank gurgelt,
als würde er sich gleich ausschalten.
Solange, bis Du wiederkommst.
Um das Haus hat sich eine unsichtbare Dornenhecke
gelegt.

Hoffentlich dauert es nicht hundert Jahre,
bis Du mich wieder küsst.

Physikalisches Phänomen

Erst wenn du dein Herz an jemanden hängst,
kann es dir schwer werden.

Weißt Du ...

Weißt Du, dass wir beide anatomische Wunder sind?
In meinem Körper müssen mindestens zwei Herzen
schlagen.
Denn ein Herz allein kann unmöglich so viel Liebe
fühlen,
wie ich für Dich fühle.
Auch in Deinem prächtigen Körper müssen
mindestens zwei Herzen schlagen.
Denn ein Herz allein kann unmöglich so viel Liebe
schenken,
wie Du mir schenkst.
Jetzt hätte ich bitte gerne auch vier Hände ...!

Spätsommerliebe

Warm und ruhig
ist Deine Liebe
wie ein Spätsommertag
und tief
wie der Himmel nur im September ist
Dein Blick so fest
dass ihm kommende Herbststürme
nichts werden anhaben können

Schreiben an einem Sonntag

Lauter grasgrüne und sonnengelbe Wörter
fallen mir heute ein.
Und himmelblau sind die Stunden,
in denen ich sie niederschreibe.
Ein immens begabter Vogelchor
macht sogleich Lieder daraus.

Nur keine falsche Sparsamkeit!

Früher habe ich mich gefragt,
warum jedes Gedicht –
und sei es noch so kurz –
eine eigene Buchseite braucht.
Heute weiß ich:
Gedichte sind wie Dichter:
Sie bekommen leicht Platzangst.

Vorwurf

Dichter sind Blender!
Sie reißen ab und zu ein Streichholz an
und verkaufen es den Menschen als Feuerwerk.
Dichter sind stinkfaul!
Die wenigsten bringen es in ihrem ganzen Leben
auf ein Kilo Epigramme.

**Betriebsausflug der Dichter oder Versuch eines Sonetts
oder was ist die Steigerung von Sonett?**

Wenn Lyriker reisen, dann lacht die Sonett
vom azurblauen Himmel ...
„Sonett" geht net.

Wenn Lyriker reisen, dann sieht man sie spähen
bei Wind und bei Regen nach Geld und Trochäen.

Wenn Lyriker reisen, im Mund einen Knebel,
gibt's nichts zu hör´n und zu seh´n, denn es herrscht
Dichter-Nebel.

Wenn Lyriker reisen, hat´s immer ein Wetter.
Anders wär´s denkbar, aber ich find´s Sonetter.

Ode an das Wortspiel

Das Wortspiel tanzt im Winde und bimmelt mit dem
Silben.
Erfreut sich an der frischen Luft, will nicht im Buch
vergilben.

Das Wortspiel tanzt im Winde, ist weder weib- noch
männlich.
Obgleich es keine Ahnen hat, klingt es nicht selten
ähn-lich.

Das Wortspiel tanzt im Winde; es achtet kein Gesetz.
Und weil es stets zwei Böden hat, verzichtet´s auf ein
Netz.

Das Wortspiel tanzt im Winde und spielt mit uns´ren
Sinnen.
Weil´s hinten schon zu Ende ist, muss es ganz vorn
beginnen.

Das Wortspiel tanzt im Winde, dreht sich, schlägt
Kapriolen.
Zum Nutzen der Nachhaltigkeit lässt es sich
wiederholen.

Das Wortspiel tanzt im Winde, vertreibt der Trauer
Krähen.
Schert sich kein bisschen um Kritik; Verrisse kann
man nähen.

Das Wortspiel tanzt bis an sein Grab, hat keine
Furcht vorm Hades.
Man braucht es als Animateur, weil es dort
schrecklich fad es.

Mein Antrieb

Schreiben! Schreiben!
Die Teufel vertreiben,
die Schuld und das Leid.
Und sei´s nur auf Zeit.
Schreiben! Schreiben!

Motto des Spötters

Auf den Punkt bringen
Auf die Spitze treiben
Das Pfeilgift sitzt im letzten Satzglied

Das Nashorn (inspiriert von Reiner Kunze)

Das Nashorn ist als Gegenstand
für Lyrik durchaus interessant.
Doch liegt´s am Reimwort? Liegt´s am Gewicht:
Am End´ bleibt´s meistens ungedicht´.

Doppeltes Elend

Jeden Tag fährt er zur Arbeit
wie zu seiner Hinrichtung.
Die Henkersmahlzeit kommt
aus der Kantine.

Problem-Instrument

Akkordeonspieler haben ein Problem:
Wohin mit dem Gesicht?
Wer nicht grad′ zum Vortrag singt,
der merkt, er braucht es nicht.

Denn während Leib und Seel′
der Kunst sich überlassen,
steht das Gesicht nur dumm herum
und schneidet dir Grimassen.

Die Backen wackeln,
es hüpft das Kinn,
die Augen stieren,
die Kunst ist hin.

Drum Akkordeonspieler, hör′ auf das Dichters Rat,
ist er auch nicht von Goethe:
Singst du nicht wie die Nachtigall,
dann spiele lieber Flöte!

An einen Politiker

Weilst so vui vadienst,
hams da´s Bundesvadienstkreiz valiehn.
Wennst amoi doud bist,
werdns bestimmt a Straß´
oder wenigstens an Trampepfad
nach dir benenna.
Und vor da Höll´ brauchst di aa ned fiachtn,
weilst olle deine Freind´ dort wieda triffst.

Da Faschingsmuffe

Wenn doch endlich a Spaßvogl kamad
und de ganzn Gaudiwürma auffressad

Brunch

Bransch is essen fia drei
und zoin fia zwoa

Altersvorsorge

Wenn ich einmal alt und gebrechlich bin,
werde ich in eine Seniorenresidenz übersiedeln,
den ganzen Tag auf einem Leibstuhl sitzen
und residieren.

Wenn ich gestorben bin,
will ich auf einem Naturfriedhof begraben werden.
Meinen Lieblingsplatz unter einem Weinstock
reserviere ich schon heute mit einem Handtuch.

Patientenverfügung

Wenn ich einmal keinen Wein mehr trinken kann
und nicht mehr erkenne, wenn eine schöne Frau
vorübergeht,
wenn eine Bach-Fuge nicht mehr ist als eine
scheinbar zufällige Aneinanderreihung von Tönen,
dann lasst mich sterben!
Der Leib wäre tot, auch wenn er atmet.
So wie ein toter Baum seine Äste im Wind wiegt.

Entsorgte Grabsteine

Ganz hinten im Friedhof
an verborgener Stelle liegen
von allen vergessen
entsorgte Grabsteine
Die Trauer reicht
nicht für alle

Neues Ziel

Gespannt bin ich auf den Tag,
an dem den Leuten die Heimat beim Hals
                              heraushängt,
oder vielmehr: das Suchen nach der Heimat.
Denn auf dem fünf Meter breiten Wanderweg durch
den Wald haben sie sie nicht gefunden,
im Supermarktregal haben sie sie nicht gefunden
und beim bunten Abend des Trachtenvereins haben
sie sie nicht gefunden.
Immer, wenn sie nach der Heimat gefragt haben,
hieß es: Die ist nicht hier, die ist daheim.
Gespannt bin ich, welches Ziel die Leute dann suchen
                              werden.
Die Auswahl ist groß, denn die Erde ist ihnen
eine Zielscheibe.

An meine Kinder

Ich habe euch verwöhnt nach Faden und nach Strich.
Wenn ich ein alter Mann bin, verwöhnt ihr dann
auch mich?
Schenkt ihr mir Schokolade oder Melissengeist?
Püriert ihr mir das Schnitzel, damit sich´s leichter
beißt?
Geht ihr mit mir spazieren, komm ich auch kaum
voran?
Wenn ich im Sommer friere, heizt ihr den Ofen an?
Besuchen wir den Tierpark, und muss ich nicht dort
bleiben?
Wenn ihr ´nen Topf Spaghetti kocht, darf ich den
Käse reiben?
Wacht ihr an meinem Bett, wenn mich ein Fieber
schüttelt?
Wenn ich was nicht verstehe, krieg ich´s von euch
vermittelt?
Fahrt ihr mit mir zum Doktor und mit der
Eisenbahn?
Freut ihr euch, wenn ich singe oder verliere einen
Zahn?
Putzt ihr mir auch den Hintern? Und haut ihr
manchmal drauf?

Ach, Altern kennt nur Verlierer! Ich hör lieber damit
auf!

Na endlich

Kein Ding ist von Dauer –
keine Freude, keine Trauer.
Alles ist vergänglich,
sogar lebenslänglich.
Jedes Gedicht könnte länger sein,
fiele den Dichtern nur mehr ein.

Worauf es ankommt

- „Es kommt darauf an, was man aus seinem Leben
macht,
aus seiner Beziehung
und aus seiner Arbeit.
Es kommt darauf an, wie man mit seinen
Mitmenschen umgeht
und mit seiner Umwelt.
Es kommt darauf an, wie man seine Kinder erzieht
und welches Beispiel man ihnen vorlebt.
Würden Sie das unterschreiben?“

- „Kommt darauf an.“

Gedicht zum Geburtstag oder zum Jahreswechsel

Man scheitert sich von einem Jahr zum nächsten
und eh man sich versieht, hat man´s versaut.
Greifst du zum Alkohol, greif nicht zum
                              schwächsten;
gut vorgespült, ist schon mal halb verdaut!

Man zweifelt sich vom nächsten Jahr zum andern.
Wer keine Zweifel hat, ist nicht normal.
Gewissheit hab´n im Zweifelsfall die Andern;
für unsereins bleibt nur die Qual der Qual.

Erwarte lieber nichts vom neuen Jahre!
Enttäuscht wird nur, wer was erwartet hätt´.
Ein weit´rer Dreh ist´s nur im Tanz zur Bahre;
„Geburts-Tag" ist ein Schwindeletikett.

Das alte Jahr vergeht, es kommt ein neues.
Lang lebe Jeder hier, solang er lebt!
Das Glück ist wie ein Reh, ein ziemlich scheues,
während Unglück wie Rehkot am Absatz klebt.

Heimat I

Heimat ist der Ort,
an dem ich bleibe,
weil ich keine Ausweg finde.
Wo käme ich hin,
geriete ich nicht ab und zu
in die Bredouille?
Der Kompass führt zuverlässig
in die Irre:
Keine Himmelsrichtung
weist in Richtung Himmel.

Heimat II

Der kleinste gemeinsame Nenner explodiert
in einem kollektiv eingebildeten Urknall zum
Universum.
„Mia san mia" und „Dahoam is dahoam" -
Statements wie das ängstliche Pfeifen im Wald.

Heimat III

Man findet ohnehin nur das,
was man nicht zu suchen weiß.

Unglaubensbekenntnis

Ich glaubte an einen Gott, ohne den es nicht geht,
und an seinen Sohn, den seit 2000 Jahren
jeder gutsortierte Haushalt an die Wand nagelt.
Ich glaubte an einen göttlichen Plan
und an einen Himmel, ohne den die Erde
den Dreck nicht wert ist, aus dem sie gemacht ist.
Ich glaubte an die moralische Hängematte,
aufgeknüpft zwischen Glaube und Gehorsam.
Ich glaubte an die Allgegenwart der Sünde
und an ein wenig Vergebung durch den Verzehr
        geweihter Ostereier.
Ich glaubte über Widersprüche hinweg
und war selbst für Erklärungen dankbar, die nichts
          erklärten.
Ich glaubte solange, bis ich mich totgeglaubt hatte.
Auferstehung feierte ich erst, als ich den Mut zu
        denken fand.

Montagmorgen im Stau

In jedem Auto sitzt Einer
der eigentlich nicht ans Ziel will
In jedem Auto sitzt Einer
dem es nicht schlecht, aber auch nicht gut geht
Montagmorgen im Stau
Wenn ein Teufelskreis ins Stocken gerät

Positiv denken

Ich bin tröstlich
noch nie ein Getüm gesehen zu haben
obgleich es mir bestimmt heimlich wäre

Megacity

Wohntürme
Kamine
perforieren
die
Atmosphäre
bald
ist
die
Luft
raus

Scheitern an der Unkorrektheit

Er suchte das Weite
und fand es nicht.
Kein Wunder: falscher Artikel!
Der Duden kennt nur *die* Weite.

Der Ernst des Lebens

Als Kind kündigte man mir den Ernst des Lebens an
wie eine Strafe für den Umstand, dass ich existiere.
„Du wirst dich noch anschauen!", drohten sie.
Vermutlich ist das der Grund, warum ich Spiegel
meide.

Glauben

Entstehung der Welt in sechs Tagen,
Millionen Tiere auf einem einzigen Schiff,
jungfräuliche Menschengeburt, weil es anders Sünde
                                      wäre,
Erlösung der Mörder durch Foltertod -
ein bunter Unsinn, den wir da zusammenglauben.
Andererseits: Gott hat bislang nicht widersprochen.

Ein neuer Weg

Jeden Morgen begann ich von vorn,
ganz der Alte zu sein.
Ich ging meinen gewohnten Weg
hoffend/fürchtend, dass die Gelegenheit mich
ergreift.
Manchmal ging mir sogar das Warten zu schnell,
denn mein Mut hatte mich schon vor langer Zeit
bei Nacht und Nebel verlassen;
vermutlich, weil ich ihm zu unbe-weg-lich war.
Heute kann ich meinen Mut verstehen,
denn ich bin klüger geworden.
Deshalb fasse ich mir endlich ein Herz
und ziehe ihm wetterfeste Schuhe an.
Denn es gilt, einen neuen Weg zu beschreiten.
Den Verlauf des neuen Weges kenne ich nicht.
Aber ich sage mir: Wenn eine Tür zu geht,
dann geht eine andere auf.
Und wenn nicht, dann steige ich eben durch's
Fenster.
Mein neuer Weg wird mich dafür belohnen:
mit einem neuen Ziel, neuen Stationen,
neuen Ausblicken und neuen Wegbegleitern.
Mag auch der eine oder andere Wegelagerer darunter
sein –
egal! Er wird es nicht schaffen, sich mir in den Weg
zu stellen.
Diesen Morgen beginne ich endlich,
ganz der Neue zu sein.

Der Ritter des 21. Jahrhunderts

Schon als der Heini klein war
und noch nicht im Mittelalter-Verein war,
war er Mittelalter-Fan.
Eine Burg mit sieben Türmen,
vom bösen Feind nicht zu erstürmen,
war sein Traum, was glaubt Ihr denn!

Und dazu ein stolzer Rappe
und die Rüstung nicht von Pappe,
sondern aus Eisen und aus Gold.
So kämpft im Traum er gegen Drachen
und befreit aus deren Rachen
manch´ Prinzessin, schön und hold.

Heini wuchs und wurd´ - kein Ritter,
sondern Manager, was bitter,
aber vorherzusehen war.
Doch zum Trost schrieb er sich ein
in den Mittelalter-Verein
und gebärdete sich bizarr.

Am Wochenende Lagerleben,
Harnischtragen und daneben
Metsaufen, was die Leber hält.
Seine Frau, die nannt´ er „Weib“,
Rülpsen war sein Zeitvertreib.
Ja, sams- und sonntags war er Held.

Doch bald fing Heini an zu schrei´n:
„Auch werktags soll Mittelalter sein!
Alles andere wäre schizophren.“

Eine Burg muss her, ein Ross, ein Schwert,
(Prinzessin und Drache wären auch nicht verkehrt).
Mit ein wenig Phantasie wird das schon gehen.

Doch wie baut man eine Burg in unserem
Jahrhundert,
die dem Landratsamt passt und der Nachbarn
bewundert,
die alles fern hält, was nicht verwandt?
Des Rätsels Lösung: „Lasst uns wohnen
umschlossen von Mauern aus Gabionen!
Wie trutzig wirkt ein Garten mit Sichtschutzwand!"

Schwert, Rüstung und Pferdevieh
kürzt man heute ab mit „SUV".
Kein Fahrzeug, sondern ein Symbol der Macht.
Groß ist's, schwer ist's und stinkt zum Himmel,
egal ob Rappe oder Schimmel.
Wenn Heini SUV fährt - na dann, gut' Nacht!

Es springt zur Seit', was springen kann,
alles andere fährt der Heini an.
Beziehungsweise, er tät es gern.
Doch leider ist's nicht mehr erlaubt,
das Gesetz hat den Ritter der Freiheit beraubt.
Edles Faustrecht, wie bist du fern!

Trotzdem: des Ritters edler Geist
lebt heute weiter, und zwar zumeist
in Kerlen, so wie Heini einer.
Mit der Kraft von dreihundert Dieselgäulen,
mit Gabionen - schön zum Heulen,
mit Riesen-Penis - nur viel kleiner.

Aphorismen

Im Paradies ist immer Sonntagvormittag und immer
Mai.

Das Paradies: Ein Ort voll Liebe und ohne die Leiden
des Verliebtseins.

Im Grunde sind alle Menschen Heilige: Alle machen
die Welt besser – manche vor, manche erst mit ihrem
Tod.

Religion: Anker ohne Grundberührung

In Altbayern sind sogar die Atheisten katholisch.

A jeda Glaubn hot an Deife gseng,
sogoa wenn a'n ned kennt.

Vorsicht vor humorlosen Menschen! Mit ihnen hat
man es sich von vornherein verscherzt.

Es ist nicht nur das Recht jedes Einzelnen, selbständig
zu denken. Es ist seine Pflicht!

Der Philosoph macht sich und uns Gedanken.

Die Gesellschaft gibt mir zu essen. Aber noch mehr
gibt sie mir zu denken.

Wie unterschiedlich – ja, im Grunde wie
inkompatibel – Menschen sind, erkennt man, wenn
man sich auf Buchempfehlungen verlässt.

Zum geistigen Brandstifter taugt nur, wem selbst
noch kein Licht aufgegangen ist.

Wenn man einen Fehler verbessert, ist es dann ein
besserer Fehler?

Wer es mit der Wahrheit nicht genau nimmt, sollte
sich wenigsten mit der Unwahrheit Mühe geben.

Generation Twitter: Mehr als 280 Zeichen
hintereinander versteht sie nicht.

Generation i-Phone: Aus der Abhängigkeit von den
Eltern nahtlos in die Abhängigkeit von Apple.

Vernunft ist ein wertvolles Gut. Der Mensch leistet
sie sich nur, wenn es ihm gut geht.

Deutschland ist kein reiches Land. Es leben nur ein
paar sehr reiche Leute hier.

Vor lauter Notwendigem bleibt uns keine Zeit für
das Wesentliche.

Mancher Fortschritt führt fort vom Wesentlichen.

Verständnis zeigen kann man auch, wenn man keines
hat.

Smalltalk ist sozialer Kitt. Kein Wunder, wenn man
jemandem dabei auf den Leim geht.

Mir liegt so vieles auf der Zunge, dass sie mir
manchmal ganz schwer davon wird.

Fußball ist wie Schach, bloß ohne denken.

Die Meteorologie hat in jüngster Zeit große
Fortschritte gemacht. Man kann sich nicht mehr
darauf verlassen, dass die Wettervorhersage nicht
stimmt.

Mancher Fortschritt dient nur dazu, Anlauf für zwei
Rückschritte nehmen zu können.

Manche Menschen tragen das Herz auf der Zunge.
Und manche tragen nur die Zunge auf der Zunge.
Oder die Galle.

Geburtenstarke Jahrgänge: Tierische Experten
befürchten ein Menschenplage.

Am Samstagmorgen fühlt man sich jung. Man hat das
ganze Wochenende noch vor sich. Doch das Ende
kommt schneller als gedacht. So geht es mit dem
ganzen Leben.

Frankensteins Monster war ein gemachter Mann.

Wer sich etwas vormacht, braucht nicht ins Leere zu
starren.

Artensterben: Tierarten verschwinden, Pflanzenarten
verschwinden. Nur die menschlichen Unarten
bleiben.

Die Hoffnung stirbt zuletzt – an Vereinsamung

Manche Menschen fühlen sich erst erleichtert,
nachdem sie sich beschwert haben.

Die fatalste Kombination: eine scharfe Zunge und ein
stumpfer Geist.

Kann man Egoismus schöner verpacken als in das
Fell einer Katze?

Nach dem Erhalt des Steuerbescheides muss so
Mancher bescheidener leben.

Jammern bringt uns nicht weiter. Nicht-Jammern
aber auch nicht.

Mancher Strohhalm, an den wir uns klammern,
scheint aus einem Kopf gezogen worden zu sein.

Alles wird gut. Aber leider nicht zur selben Zeit.
Wenn das Zweite gut wird, ist das Erste schon wieder
schlecht.

In schlechten Zeiten nützt es nichts, Zeit gut zu
machen.

Wenn wir alle in derjenigen Warteschlange stehen,
in der es am langsamsten voran geht, wer steht dann
in der anderen?

Eine Studie besagt: Pessimisten leben länger.
Ich habe es befürchtet.

Manche Menschen können nicht einmal im eigenen Saft schmoren – aus Ermangelung des Saftes.

Manche Menschen sagen: „Wir begegnen uns auf Augenhöhe“, und meinen: meine Augen und ihre Hühneraugen.

Traditionen sind ein Netz, das einen auffangen, aber auch gefangen halten kann.

Manche Menschen haben nur deshalb viele Freunde, weil jedermann sich davor fürchtet, sie zum Feind zu haben.

Das Leben funktioniert nur, wenn man nicht darüber nachdenkt. Zu spät.

Am Ende, sagt man, wird alles gut. Am Ende, sage ich, nützt mir das nichts mehr.

Die Entwicklung der Menschheit ist voller Verwicklungen.

Butter fällt immer auf die Butterseite.

Man spricht vom „gesunden“ Menschenverstand, um ihn vom gängigen zu unterscheiden.

Gruppendynamik I: Ein Witz wird besser, wenn man gemeinsam über ihn lacht, und eine Tatsache, die man gemeinsam nicht versteht, wirkt gleich weniger bedrohlich.

Gruppendynamik II: Vorsicht: Auch Zugehörigkeit
ist eine Form von Hörigkeit!

Ein Charakterkopf ist kein Indiz für Charakter.

`s Problem is ned, dass vui Leut schlecht wadn,
sondern, dass vui Leut so unguad san.

Das Leben ist nicht sinn-los, sondern sinn-frei. Das ist
ein grundlegender Unterschied.

Warum landet in einer lebendigen Demokratie
der Wählerwille in einer Urne?

Um sich distanzieren zu können, muss man erst
aufstehen.

Grundgesetz, Artikel 1, berichtigte Fassung:
Die Würde des Menschen ist leider antastbar,
aber auf keinen Fall anzutasten!

Demokratie gibt es nicht umsonst. Irgendjemand
muss die Politiker kaufen.

Als Lobbyist braucht man bestechenden Charme.

Wir Wähler dürfen nicht wählerisch sein.

Schlimmer Verdacht: Der Verfassungsschutz sagt, die
AfD sei rechtsextremistisch.
Die AfD sagt, sie sei bürgerlich.
Was, wenn beides zutrifft?

Aphorismen schreiben = Konzentrationsübung

Ich kenne den Grund, warum Lyrik sich schlecht
verkauft: Wer Gedichte nötig hat, schreibt sie selbst.

Beim heutigen Sprachgebrauch verwundert es, dass es
für Anglizismus keinen Anglizismus gibt.

Florenz: Kunstschätze besuchen eine Stadt der
Touristen.

Aus der Not eine Tugend machen: In der Tinte sitzen
und Bücher damit schreiben.

Bestsellerautoren können es sich leisten, Gold auf die
Wortwaage zu legen.

Schauspieler bevorzugen im Theater die tragischen
und gebrochenen Rollen und im wahren Leben die
heiteren und heilen.

Der Gedanke ist der Stein, das Gedicht die Skulptur.

Einem unbeschädigten Buch den Stempel
„Mängelexemplar" aufzudrücken, um es vielleicht
doch noch verkaufen zu können, ist, als würde man
seinem Kind ein Bein abschneiden und es zum
Betteln schicken.

Wenn man mit der Sprache nicht spielt, beginnt sie
sich zu langweilen und wendet sich von einem ab.

Die Sprache ist weiblich, deshalb ist ihr mit dem
Verstand allein nicht beizukommen.

Anführungszeichen sind spitze Finger, mit denen wir
Wörter anfassen, die uns nicht geheuer sind.

Schwere Zeiten für Dichter: Es scheint sich nichts
mehr zu reimen.

Manchmal wird mir auch der blaueste Himmel unter
der Tinte schwarz. Daran ändert auch blaue Tinte
nichts.

Ich schreibe, bis ich meinen Ansprüchen genüge.
Und ab dann erst recht.

Gedichte sind intime Beichten
und Ermutigungen, weiter zu sündigen.

Es hilft nichts:
An manchen Texten muss man so lange feilen,
bis nichts von ihnen übrig bleibt.

Kreativität ist die Fähigkeit, mindestens zwei
Gedanken gleichzeitig zu haben, ohne sie zu denken.

Altern heißt: Die Zähne verlieren und das Gesicht
wahren.

Noch hat kein Toter seinen Tod bedauert. Um
bedauern zu können, muss man leben.

Jede Erkenntnis macht uns klüger, aber nicht
unbedingt glücklicher.

Schweres Erbe: Wir zeugen Kinder, die unsere
Zuversicht ausbaden müssen.

Um an das Gute im Menschen glauben zu können,
nützt es, Kannibale zu sein.

Der Mensch wächst mit seinen Aufgaben,
mancher fährt dabei sogar aus der Haut.

Wer aus allen Wolken fällt, sieht klarer.

Wenn ich meine Träume lebe, wovon soll ich dann
träumen?

Wenn ich immer die Wahrheit sagen würde, käme
ich nie zum Lügen.

Manche warten, bis die Gelegenheit sie ergreift.

Das Gute an großen Sorgen:
Sie lenken von kleinen Sorgen ab.

Wenn ich an einen neuen Ort komme, fühle ich mich
sogleich daheim. Das Gefühl des Fremdseins kommt
erst später.

Er verkaufte sich gut.
So gut, dass die anderen nichts von ihm übrig ließen.

Auch am geringsten Widerstand kann man scheitern.

Alt ist man,
wenn die wöchentliche Wirbelsäulengymnastik
wichtiger wird als der monatliche Sex.

Die meisten Krisen haben die gleiche Ursache:
unmenschliches Versagen.

In der Pubertät braucht der Körper
so viel Energie für das Wachstum,
dass selbst für die einfachsten
Hirnfunktionen nichts mehr übrig bleibt.

Manch einer hält sich zu gut, um Schlechtes zu tun,
dabei ist er nur zu feig.

Der frühe Wurm wird Beute des Vogels.

Mit manchen Leuten kann man nicht diskutieren.
Sobald ihnen nichts mehr einfällt, kommen sie einem
mit Argumenten.

Nur wer über das Ziel hinausschießt, weiß,
wie die Kehrseite des Ziels aussieht.

Leben ist wie über glühende Kohlen laufen. Sobald
man stehen bleibt, verbrennt man sich die Füße.

Selfie: eine Selbstgefälligkeit

Photoshop macht aus jedem Kameraobjektiv ein
Kamerasubjektiv.

Theaterstücke funktionieren nur, weil jeder
Schauspieler die Wichtigkeit seiner Rolle überschätzt.
Das gilt auch für das Theaterstück namens
„Wirkliches Leben".

Radio: Die meisten Musiksender spielen gar keine
Musik.

RTL und Co.: Schon für den Empfang braucht man
eine Schüssel.

Das Privatfernsehen hätte niemals an die
Öffentlichkeit gelangen dürfen.

Der Programmchef ist überzeugt: Nichts spricht
weniger an als Anspruch.

Wir Menschen brauchen die Künstliche Intelligenz
nicht zu fürchten – der Klügere gibt nach.

Liebe: Der Zuckerrand ums schwerverdauliche
Leben.

Manche Liebe ist so stark, dass sie fortdauert, obwohl
man den Anderen zu verstehen beginnt.

Drohung in der Ehe: Unterstehe dich, mich zu
überstehen!

Manche Paare trennen sich, weil sie einander nichts
mehr zu geben haben – von Schimpfnamen
abgesehen.

Der langlebigste Baustoff für Mauern zwischen zwei
Menschen sind Küchenkalenderweisheiten.

"Ich will", sagte der Bräutigam am Traualtar.
Es war sein vorletzter Wille.

„Ich hätte dich nicht gehen lassen sollen“, sagte der Stein zum Fluss.

Frauen und Männer passen nicht zueinander. Das aber ausgezeichnet.

Manche Frauen sind wie der Dom in Florenz: außen eine einzige Pracht und innen kühl und zweckmäßig.

Das Schwiegermutterproblem: Auch andere schöne Töchter haben Mütter.

Herzensbrecher müssen untreu werden, um sich selbst treu zu bleiben.

Mein größter Wunsch: Mache mich sommerglücklich!

Gedanken zu Corona
(2020/21)

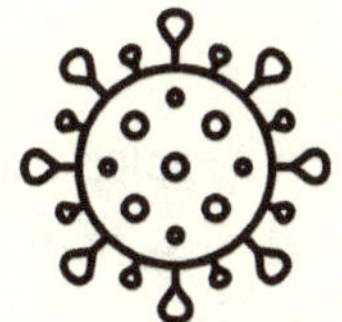

Hat Corona unser Leben wirklich von Grund auf
verändert? Zumindest ist jetzt ein negatives
Testergebnis etwas Positives, und es ist normal
geworden, maskiert eine Bank zu betreten und Geld
zu fordern. Auch seine Ellbogen einzusetzen, gilt
nicht mehr als Rücksichtslosigkeit, vorausgesetzt,
man begrüßt einander damit. In der ARD beginnen
die Spielfilme eine Viertelstunde später, weil nach der
Tagesschau immer ein Brennpunkt zu Corona
gesendet wird. Was hingegen gleich geblieben ist:
Jammern hilft uns nicht weiter, Nicht-Jammern aber
auch nicht. Also ...

Wenn ein Ehemann im Lockdown sagt: „Mir fällt
daheim die Decke auf den Kopf", und seine Frau
entgegnet: „Schade um die schöne Decke", dann sollte
sich der Mann mehr Sorgen um seine Ehe als um
Corona machen.

Während des Corona-Lockdowns hat es sich wieder
einmal gezeigt: Brot ist das Brot des Künstlers.
Applaus ist für Pflegekräfte da.

Die Corona-Politik der britischen Regierung ist
völlig unverständlich. Obwohl sie weiß, dass die
Krankheit durch Tröpfcheninfektion übertragen
wird, verbietet sie ihren Bürgern nicht, Wörter mit
„th" zu sprechen.

Heftiges Mitleid ergriff mich, als ich erfuhr, Corona
sei an Trump erkrankt.

Ich habe Verständnis für die Kundgebungen gegen die
staatlich verordneten Corona-Auflagen.

Schließlich sind wir freie Bürger. Ich lasse mir auch von einer roten Ampel nicht vorschreiben, wann ich als Fußgänger eine vielbefahrene Straße überqueren darf. Ich glaube nicht daran, dass mich ein Auto überfahren wird.
Ich bin vielmehr überzeugt: Verkehrsunfälle sind eine Erfindung der Ampel-Hersteller-Lobby.

Verschwörungstheorien in den Sozialen Medien beweisen: Es gibt nicht nur Schwarm-Intelligenz, es gibt auch Schwarm-Blödheit.

Das Wort „Denker" ist in „Querdenker" genauso fehl am Platz wie das Wort „Sozialist" in „Nationalsozialist".

Corona-Quarantäne

Am Himmel zieh´n zwei mächt´ge Schwäne;
ich sitz´ daheim in Quarantäne.
Über die Straße
läuft ein Hase.
Ich sitz´ immer
nur im Zimmer.
Schwäne ziehen, Hase läuft;
glücklich ist der Mensch, der säuft.

Plakatwand in der Corona-Zeit

Ausgeblichene Ankündigungen
von Veranstaltungen, die nicht stattgefunden haben.
Weit und breit kein Optimist,
der neue darüber klebt.

Prosa

Ein Käse mit 51 Prozent (2014)

Neulich fand sich unter meiner Post neben der üblichen Reklame und einer Telekom-Rechnung ein Brief vom österreichischen Bundespräsidenten Heinz Fischer. „Oha", dachte ich mir angesichts des mit einem Wachssiegel verschlossenen Briefs – und diese Reaktion war keineswegs übertrieben, wie sich herausstellen sollte. Dieser Brief hat mein Leben total verändert; „auf den Kopf gestellt" ist noch gelinde ausgedrückt, weil so ein auf den Kopf gestelltes Leben ja im Grunde immer noch dasselbe Leben wie vorher ist, nur eben um 180 Grad gedreht. Ich fühle mich jetzt aber, als ob ich seit dem Tag, an dem der Brief des österreichischen Bundespräsidenten in meinem Postkasten steckte, ein anderer Mensch wäre. Ein reicher Mensch und einer mit viel Verantwortung; außerdem einer, der das Sprichwort bestätigen kann: „Steter Tropfen höhlt den Stein".

Mit dieser Einleitung dürfte ich den geneigten Leser hinlänglich auf die unglaubliche Geschichte vorbereitet haben, die jetzt kommt. Ohne entsprechende Einleitung, also unmittelbar mit den Ereignissen konfrontiert, bestünde die Gefahr, dass der eine oder andere gesundheitlich labile Leser vor Erstaunen vom Schlag getroffen tot vom Sessel sinkt. Das will ich nicht riskieren, zumindest, solange ich nicht Millionen von Lesern habe und es auf den einen oder anderen Ausfall nicht ankommt. Andererseits, finanziell könnte ich diese Verluste locker wegstecken, schließlich ... na, jetzt will ich der Geschichte nicht vorgreifen. Steht eh alles im Brief vom österreichischen Bundespräsidenten.

„Heinz" sage ich mittlerweile zu ihm, und Heinz sagt „Herr Keim" zu mir.

Ich erbrach das Siegel (das heißt nun mal so) und las: „Sehr geehrter Herr Keim, seit Jahren sind Sie treuer Konsument von 'Schärdinger Käse'.
Das freut mich als österreichischen Bundespräsidenten außerordentlich, und es freut mich auch, Ihnen mitteilen zu dürfen, dass Ihre Treue gleich in zweifacher Hinsicht belohnt wird: kurzfristig, weil 'Schärdinger Käse' einfach ein Genuss ist, und auch langfristig. Bestimmt kennen Sie den Werbeslogan: 'Wer Schärdinger Käse kauft, kauft ein Stück Österreich'. Ich darf Ihnen mitteilen, dass Sie durch den regelmäßigen und langjährigen Kauf von 'Schärdinger Käse' nunmehr Mehrheitseigner der Republik Österreich sind. Exakt gehören Ihnen 51,02 Prozent von Österreich (Stand 17. Jänner 2014) Herzlichen Glückwunsch! Um die politischen und sozialen Verhältnisse in unserem bzw. Ihrem Land stabil zu erhalten, bitte ich Sie, möglichst rasch zu entscheiden, auf welche Weise Sie mit Ihrem neuen Eigentum verfahren wollen. In Erwartung Ihrer baldigen Antwort verbleibe ich mit den besten Grüßen Ihr Heinz Fischer, Bundespräsident der Republik Österreich."

Können Sie, verehrter Leser, sich vorstellen, wie mir zumute war, als ich das gelesen hatte? Mir gehört die Mehrheit von Österreich! Ich kann damit also alles machen, was ich will! Da fällt mir schon einiges ein: Ich könnte Österreich komplett unter Naturschutz stellen, damit von der herrlichen Gegend nichts mehr verbaut wird.

Andererseits könnte ich die Berge abtragen lassen und teuer nach Holland verkaufen – als Zuflucht, wenn der Meeresspiegel aufgrund der Klimaerwärmung noch weiter steigt. Ich könnte das Weinviertel vergrößern lassen auf mindestens eine Weinhälfte. Was mache ich mit den Österreichern selbst? Die lasse ich unter Artenschutz stellen, schließlich gibt es weltweit davon nur rund neun Millionen Exemplare. Vom Artenschutz ausgenommen wird die rechte Bagage um Strache; die verbanne ich aus dem Land. Oder besser: Ich zwinge dieses Nazi-Pack, sich den Fahrstil von Jörg Haider anzueignen.

Dann kann ich auch gleich an den österreichischen Schulen lehren lassen, dass Hitler Österreicher und Beethoven Deutscher war.
Ich könnte die Maut abschaffen. Ich könnte den Tirolern verbieten lustig und den Wienern grantig zu sein. Ich könnte bestimmen, dass die Fernsehsendung "Tohuwabohu" fortgesetzt wird und dann auch gleich „Kottan ermittelt“ und „Ein echter Wiener geht nicht unter“.

Viele Möglichkeiten; aber der Umgang mit einem Staat will wohl überlegt sein – ein Grundsatz, dem viele Politiker leider zu wenig Beachtung schenken. Denn rasch hat man als Staatsmann – oder als Merkel – eine falsche Entscheidung getroffen, und dann leiden unter Umständen Millionen von Menschen darunter; wenn es ganz übel kommt, leidet man sogar selbst! Vor allem letzteres gilt es zu vermeiden.

Doch nicht nur mit meinen politischen Entscheidungen als Eigentümer des Staates Österreich muss ich vor- und umsichtig sein, sondern auch mit meinen künftigen Entscheidungen als Konsument. Denn was würde passieren, wenn mir durch den regelmäßigen Verzehr von Gyros plötzlich der Mehrheitsanteil von Griechenland zufallen würde, der Wiege von Überschuldung und Korruption und ganz, ganz früher der Demokratie?

Die USA möchte ich auch nicht haben: die meisten Leute dort sind fett, ungebildet und ignorant, und das Land ist ohne Verkehrsmittel nicht zu erreichen.

Russland ist auch nichts für mich. Gut, dort gibt es jede Menge Gas, Wodka und andere Bodenschätze. Aber ich bin mir sicher, dass Putin die Zügel nicht so einfach aus der Hand geben würde, obwohl mir das Land gehört, in dem er seine Mitbürger tyrannisiert. Das würde auf einen harten Machtkampf zwischen Putin und mir hinauslaufen, und dafür habe ich echt keine Zeit. Andererseits würde es mir Spaß machen, Putin eine Nacht lang in einer Schwulendisco einzusperren.

Wenn ich es mir so recht überlege, ist die Erdkugel voll von Staaten, die ich nicht besitzen möchte: Norwegen – im Winter zu dunkel, Israel – zu gefährlich, der Vatikanstaat – zu wenig Frauen, Kolumbien – Frauen, die aufgrund einer florierenden Schönheitschirurgie-Industrie alle gleich aussehen. Aber Österreich nehme ich gern. Österreich gefällt mir. Österreich ist wie Passau, nur mit billigem Benzin. Danke, Schärdinger Käse!

Bayerisch Voodoo

Nun ist Kurti Reitmaier also tot. Und obwohl er der freundlichste Mensch war, den man sich vorstellen kann, trauert niemand um ihn. Er hat immer schon von Weitem gegrüßt, er hat gewunken oder seinen Hut gelupft und dazu einen fröhlichen Gruß gerufen. Immer herzlich, immer verbindlich. Kurti Reitmaier eben. Möge er in der Hölle schmoren!

Und hilfsbereit war er. Wenn zum Beispiel ein Nachbar die Gartenhecke stutzen wollte, aber seine eigene Heckenschere stumpf war, dann half Kurti Reitmaier mit seiner Super-Profi-Heckenschere aus. Und er gab sogar noch Tipps, wie man so einer Hecke am besten zu Leibe rückt, zu welcher Jahreszeit man sie schneidet und wie hoch und so weiter. Was den Garten angeht, hat Kurti Reitmaier keiner was vormachen können; und Kurti Reitmaier hat sein Wissen gern und selbst-los an uns andere weitergegeben. Da hat sich unsereiner noch so sträuben können. Kurti Reitmaier hat in so einem Fall nur gesagt: „Manchmal muss man die Menschen zu ihrem Glück zwingen". Aber wir haben geahnt, dass unser aller Glück nur durch seinen Tod möglich werden würde.

Mir hat Kurti Reitmaier einmal seine Gartengiraffe geborgt. Das ist so eine Gartenschere an einem Teleskopstiel, den man drei Meter weit ausziehen kann. Kurti Reitmaier meinte, ich könne damit die Zweige meines Ginkgos kappen, die auf sein Grundstück hinüber hingen.

Ich kam am selben Tag nicht mehr dazu, die Zweige zu kappen, und am nächsten Tag hatte ich hämmernde Kopfschmerzen.

Aber der Priester meinte später, das habe nichts mit Kurti Reitmaier zu tun haben können, das sei technisch gar nicht möglich gewesen. Wahrscheinlich hätte ich nur den kommenden Wetterumschwung gespürt oder am Abend davor zu viel Bier getrunken. Aber seltsam ist das schon: Kaum hatte ich – unter schlimmsten Kopfschmerzen hatte ich mich in den Garten hinaus-geschleppt – kaum hatte ich die vier oder fünf Zweige meines Ginkgos, die auf Kurti Reitmaiers Grundstück hingen, mit seiner Gartengiraffe abgezwickt, da waren meine Kopfschmerzen wie weggeblasen. Danach brachte ich Kurti Reitmaier die Gartengiraffe zurück, und dann begann es auch schon zu regnen.

Jetzt ist Kurti Reitmaier tot, und die Menschen in der Siedlung feiern das schon seit zwei Tagen mit viel Grillfleisch und noch mehr Alkohol.

Das mit meinen Kopfschmerzen war eine Lappalie im Vergleich zu dem, was anderen Leuten zugestoßen ist, die mit Kurti Reitmaier zu tun hatten. Ein 17-jähriges Mädchen zwei Häuser weiter zum Beispiel – ein hübsches Ding mit üppigen Brüsten – ist zehnmal durch die Autoführerscheinprüfung gefallen. Und das nur, weil Kurti Reitmaier sie nicht ausstehen konnte. Die Kleine feiert nämlich gern Partys, laute und lange Partys. In der ganzen Straße sind die Musik und die grölenden und kreischenden Jugendlichen zu hören.

Kurti Reitmaier regte sich immer am meisten über den Lärm auf, lehnte es aber kategorisch ab, die Polizei zu rufen. „Sowas regelt man selbst", meinte er.

Eine andere merkwürdige Geschichte: Ein Postbote verbrachte nach einem Verkehrsunfall zwei Monate vom Hals bis zu den Fersen eingegipst im Krankenhaus. Und warum?
Weil er drei- oder viermal Pakete vor Kurti Reitmaiers Haustür gestellt und es dann drauf geregnet hatte.

Am schlimmsten traf es Holger, den anderen direkten Nachbarn von Kurti Reitmaier. Holger ist nicht mehr, er hat schon vor Kurti Reitmaier das Zeitliche gesegnet. Und das nur, weil er sich geweigert hatte, seine Buchsbaumhecke nach Kurti Reitmaiers Vorgaben zu stutzen. Hartnäckig hatte er sich geweigert, über Jahre und aus Prinzip, und dann hat Holger Magenkrebs bekommen. Danach ist alles ganz schnell gegangen. Ironie des Schicksals: Auf dem Friedhof sind Holger und Kurti Reitmaier wieder Nachbarn.

Niemand kann genau sagen, wie viel Unglück auf Kurti Reitmaiers Kappe ging. So ein gewisses Maß an Tragik ist ja von sich aus in der Welt vorhanden, dazu braucht es keine Kurti Reitmaiers. Aber ohne Versicherungsstatistiker zu sein, kann ich behaupten: Die Häufigkeit tragischer Vorfälle in unserer Siedlung spottete jeder statistischen Wahrscheinlichkeit. Und darum: Die Welt ist besser dran ohne Kurti Reitmaier. Es ist gut, dass der Priester für seinen Tod gesorgt hat.

Und warum hat Kurti Reitmaier den Tod verdient, oder besser gesagt, warum haben wir, die Menschen in seiner Umgebung, seinen Tod verdient? Kurti Reitmaier verstand sich auf die Kunst des „Bayerisch Voodoo". Er war von seinem Vater darin eingeweiht worden, und der von dessen Onkel, und dann verliert sich die Spur des „Bayerisch Voodoo" im Dunkel der Vergangenheit. Für „Bayerisch Voodoo" braucht es keine Puppen und keine Nadeln, man muss keinen lebendigen Hühnern die Gurgel durchschneiden und auch nicht bei Voll-mond ums offene Feuer tanzen. „Bayerisch Voodoo" funktioniert ganz einfach und ohne Werkzeug.

Man nehme einen Menschen, der zum Beispiel demnächst Geburtstag hat. Diesem Menschen gratuliert man recht herzlich – allerdings nicht am Geburtstag, sondern einen oder mehrere Tage davor. Das bringt Unglück, wie jedermann weiß. Meist nur ein wenig Unglück, vielleicht brennt der Geburtstagskuchen im Backofen an, oder das Geburtstagskind holt sich einen Schnupfen. Macht man das mit dem Zu-Früh-Gratulieren absichtlich und regelmäßig, dann spricht man von „Bayerisch Voodoo". Und kann großen Schaden anrichten.

Kurti Reimaier beherrschte „Bayerisch Voodoo" und er beherrschte es in Perfektion. Das ist der Grund, warum die 17-Jährige mit den üppigen Brüsten zehnmal durch die Führerscheinprüfung gerasselt ist. Sie erinnern sich? Kurti Reitmaier hat ihr nämlich aus Rache für die lärmenden Partys immer am Tag vor der Prüfung zur bestandenen Prüfung gratuliert.

Und der Postbote, der immer die Pakete in den Regen gestellt hatte, hat nur deshalb einen schweren Verkehrsunfall gebaut, weil Kurti Reitmaier ihm nach 29 Jahren und 364 Tagen unfallfreiem Fahren zu 30 Jahre unfallfreiem Fahren gratuliert hatte. Kurz darauf nahm der Postbote mit seinem gelben VW Caddy einem 30-Tonner-Sattelzug die Vor-fahrt, und statt einer Auszeichnung von der Verkehrswacht gab es einen Ganzkörpergips für den Postboten.

Als der Postbote endlich aus dem Krankenhaus entlassen wurde, lag Holger – der andere direkte Nachbar Kurti Reitmaiers mit der ungeschnittenen Buchsbaumhecke – immer noch drin. Aber nicht mehr lange. Sechs Wochen später hatte der Magenkrebs über Holgers Starrsinn gesiegt. Und wie hatte Kurti Reitmaier das geschafft? Indem er Holger über Jahre hinweg zu früh zum Geburtstag gratuliert und zusätzlich an Silvester ein gutes neues Jahr gewünscht hatte.

Wo doch jeder wissen sollte, dass man an Silvester nur einen guten Rutsch wünschen darf und erst am Neujahrstag ein gutes neues Jahr. Außer man betreibt „Bayerisch Voodoo".

Nach Holgers Krebstod taten wir Nachbarn uns zusammen und zeigten Kurti Reitmaier bei der Polizei an. Doch der Beamte auf der Inspektion weigerte sich, die Anzeige auf-zunehmen, weil Hokuspokus nicht in seine Zuständigkeit falle, wie er in verächtlichem Ton meinte. Dann scheuchte er uns aus der Dienststube.

Draußen auf der Straße gab einer der Nachbarn zu bedenken: „Vielleicht hat der Polizist ja recht, und wir bilden uns das mit Kurti Reitmaiers schlechter Aura nur ein." Aber uns anderen war klar, dass er nur Angst vor Kurti Reimaiers Rache hatte. Und darum sagte ich: „Wir sind es Holger schuldig, dass wir etwas gegen Kurti Reitmaiers 'Bayerisch Voodoo'-Hexerei unternehmen!"

Die Frage war nur, was? Denn die Exekutive schien in diesem Fall machtlos zu sein. Im selben Moment läuteten irgendwo Kirchenglocken, und Frau Krenn, eine kleine, dicke Frau mit Oberlippenbart, quiekte aufgeregt: „Ein Priester muss her! Ein Priester. Und ein Exorzismus!"

Und so kam der Priester ins Spiel. Er hörte sich unsere Geschichte geduldig an, und seine Miene verriet nicht, ob er sie glaubte oder uns für verrückt hielt. Von einem Exorzismus wollte er allerdings nichts wissen. Er habe eine bessere Idee, meinte er und versprach, sich demnächst wieder bei uns zu melden. Das tat er auch, doch was er uns mitteilte, entsprach so gar nicht dem, was wir erhofft hatten. Der Priester kündigte uns ein großes Krippenspiel an, das an Heiligabend in der Kirche zur Aufführung kommen sollte. Anders als in den Vorjahren sollten nicht nur Kinder, sondern auch Erwachsene die Weihnachtsgeschichte darstellen. Viele Erwachsene und viele Kinder. Kurti Reitmaier habe sein Mitwirken übrigens schon zugesagt.

Und so kam es, dass Kurti Reitmaier an einem 24. Dezember im Kostüm eines Bethlehemer Wirts aus dem Jahr eins sterben sollte. Er hatte den Wirt sehr überzeugend gespielt.

Da stand er in einer bodenlangen braunen Kutte und mit einer Kappe auf dem Kopf und versuchte, dem Fremden aus Nazareth und seiner schwangeren Verlobten klarzumachen, dass alle Zimmer in seiner Herberge belegt seien.

Doch Josef ließ sich nicht so leicht abwimmeln, schließlich musste sich Maria unbedingt von den Strapazen der Reise ausruhen. „Nur eine kleine Kammer, irgendwo im Keller oder sonst wo. Bitte, guter Herr!"

Jetzt wurde Wirt Kurti Reitmaier grantig. „Was kommt ihr auch in der Hauptsaison daher und reserviert nicht!", schnaubte er – und stampfte mit einem Fuß auf.

Da passierte es: Der Boden unter Kurti Reitmaier gab krachend nach, und Kurti Reimaier fuhr zur Hölle. Na, eigentlich kam er nur bis zum steinernen Fußboden einer vergessenen Krypta unterhalb der Kirche. Kurti Reitmaier war sofort tot. Ein Gutachter stellte später fest, dass der Fußboden der Kirche dringend renovierungsbedürftig war. Aber das hätte ihm Kurti Reitmaier auch sagen können, wenn er noch etwas sagen könnte.

Der Priester streitet ab, etwas mit Kurti Reitmaiers vor-zeitigem Ende zu tun zu haben. Ein Zufall, versicherte er mir, wenn auch ein tragischer. Genauso zufällig wie die Unglücksfälle, die sich zu Kurti Reitmaiers Lebzeiten in dessen Umfeld ereignet hätten. Der Priester sagte, er habe alle ihm zugänglichen Quellen zum Thema „Bayerisch Voodoo" studiert und sei zu der Überzeugung gelangt, dass es sich um bloßen Aberglauben handele.

Alle dokumentierten Unglücksfälle seien auf völlig natürliche Weise zu erklären.

Ich gab zu bedenken, dass mir die Art der Unglücksfälle weniger schlaflose Nächte bereitet habe als ihre auffallende Häufigkeit. Die sei doch unbestreitbar.
„Schon möglich", meinte der Priester. „Aber ist es nicht so, dass das Schicksal jedes Einzelnen in Gottes Hand liegt?"

Ein theologisches Totschlagargument. Der Mensch dachte, und Gott lachte. Vor allem als Laie kann man da gar nichts mehr drauf sagen. Eigentlich hätte die Unterhaltung zwischen dem Priester und mir damit beendet sein können, aber irgendeine Macht – das schlechte Gewissen? – zwang den Priester, sich zu verraten. Er schilderte das Folgende ganz beiläufig, so als sei es normal, Mitwirkende eines Krippen-spiels zu ermorden.

Folgendermaßen sprach der Priester: „Damit Sie mir endlich glauben, wie unbegründet Ihre Furcht vor diesem 'Bayerisch Voodoo' ist, will ich Ihnen etwas erzählen. Am Heiligen Abend, also am Abend von Kurti Reitmaiers Tod, hatten sich die Mitwirkenden unseres Krippenspiels in der Sakristei versammelt. Unsere kleine Sakristei konnte diese vielen Menschen – es waren ja gut drei Dutzend – kaum aufnehmen. Und obwohl es so viele Menschen waren und obwohl es ein unglaubliches Gedränge gegeben hatte, ließ ich es mir nicht nehmen, jedem von ihnen persönlich für sein Mitwirken zu danken und ihm alles Gute für die Aufführung zu wünschen.

Nun bin ich alles andere als ein Schauspieler, doch so viel weiß ich aus der Welt des Theaters: Man wünscht einem Schauspieler nicht alles Gute und schon gar nicht viele Glück, sondern man sagt 'toi toi toi' und spuckt über seine linke Schulter.

Das habe ich bei jedem der gut zwei Dutzend Mitwirkenden so gehandhabt: Ich habe ihm über die linke Schulter gespuckt und 'toi toi toi' gesagt. Es gab nur eine Ausnahme: Als die Reihe an Kurti Reitmaier kam, da wurde mir auf einmal bewusst, wie lächerlich dieser Schauspielerbrauch ist, und so spuckte ich Kurti Reitmaier über die rechte Schulter und sagte 'Viel Glück'. Auf diese Weise wollte ich meinem Herrgott zeigen, dass für Aberglaube – selbst in dieser harmlosen Ausformung – in meinem Herzen kein Platz ist."

Einen Augenblick lang war ich sprachlos. Dann sagte ich: „Aber Kurti Reitmaier ist gestorben, nachdem Sie ihm über die rechte Schulter gespuckt und viel Glück gewünscht hatten. Das ist doch der Beweis, dass 'Bayerisch Voodoo' funktioniert."

Zwischen den Augenbrauen des Priesters erschien für eine Sekunde eine vertikale Zornesfalte, doch schon im nächsten Moment zeigte sein Gesicht wieder den üblichen wohl-wollend-unverbindlichen Ausdruck. „Sie verstehen nicht", sagte der Priester im Ton eines Erwachsenen, der einem dummen Kind etwas zu erklären versucht. „Der Tod Kurti Reitmaiers beweist im Gegenteil, dass 'Bayerisch Voodoo' nicht funktioniert. 'Bayerisch Voodoo' ist Aberglaube, nichts weiter. Denn wenn es anders wäre …"

Der Priester machte eine Kunstpause.
Eine für meinen Geschmack zu lange Kunstpause, deshalb wiederholte ich auffordernd: „Wenn es anders wäre?"

„Wenn es anders wäre", nahm der Priester den Gedanken wieder auf „dann hieße das doch in der letzten Konsequenz, dass **ich** Kurti Reitmaier getötet hätte. Ein Diener des Allerhöchsten soll einen Mord begehen?
Noch dazu, um einen vermeintlichen Sünder, von dessen Schuld er nicht im Mindesten überzeugt ist, seinem göttlichen Richter zuzuführen? Das ist vollkommen widersinnig, wie Sie zugeben müssen. Und so lautet die einzig logische Schlussfolgerung: 'Bayerisch Voodoo' ist wirkungslos, und Kurti Reitmaiers Tod war ein Unfall, für den niemand etwas kann."

Nach diesen Worten verabschiedeten der Priester und ich uns voneinander. Wir vermieden es, einander irgendetwas zu wünschen, sondern nickten nur stumm, als wir uns die Hände schüttelten

Danke!

Anlässlich meines 50. Geburtstag möchte ich mich aufrichtig bedanken – bei all den lieben Mitmenschen, die mir NICHT gratuliert und dieses Datum der Schmach und des Jammers stattdessen taktvoll übergangen haben. Sehr rücksichtsvoll! Ich werde mich bei Gelegenheit revanchieren. Zum 50. Geburtstag zu GRATULIEREN ist ein Widerspruch in sich. Außer man will eigentlich sagen: „Gratulation, dass du noch nicht gestorben bist.“

Glückwünsche zum 50. Geburtstag – da schwingt Mitleid und/oder Häme mit. Die Unter-50-Jährigen freuen sich, dass sie noch nicht so alt sind, und die 50plus-Generation kommt einem mit: „Willkommen im Club!“ Ja, willkommen im Club der armen Schweine, bei denen alles lächerlich aussieht, was sie gern tun: Abtanzen in der Disco, im Cabrio durch die Gegend cruisen - und am schlimmsten: in die Sauna gehen. Wenn bei diesen Gelegenheiten jemand mit dem Finger auf dich zeigt, dann bestimmt nicht, weil er dich so toll findet.

Als Betroffener müsste man angesichts dieser Entwicklung eigentlich verzweifeln, aber zum Glück wird man mit 50 gelassener. Es ist einer der wenigen Vorteile, wenn nicht sogar der einzige, dass einem die Jahre eine entspanntere Sicht auf die Welt schenken. Vielleicht liegt das aber nur am sinkenden Testosteronspiegel und am geistigen Abbauprozess: Im Alter wird das Leben schwerer, aber man bekommt es zum Glück nicht mehr mit. Egal, jedenfalls wird aus „Schneller, höher, weiter“ die lapidare Feststellung:

„Hilft ja nix". Uih, da kommt eine hübsche Frau! Ob sie mich wohl anlächelt? Sie kann sich hüten – hilft ja nix. Früher hatte ich mir zum Ziel gesetzt, mit 50 Jahren einen richtig geilen Sportwagen zu fahren. Mal nachsehen, ob das Geld dafür reicht ... nein, hilft ja nix. Ich war auch mal so verblendet zu glauben, dass ich mit 50 nicht mehr würde arbeiten müssen, oder zumindest nicht mehr von früh bis spät. Und jetzt stecke ich in der Generationenfalle: Die Kinder brauchen mich und vor allem mein Geld, weil jemand ihre Ausbildung finanzieren muss, und die eigenen Eltern werden alt und brauchen immer öfter meine Hilfe, sei es beim Lösen einer angerosteten Schraube oder beim Ausfüllen der Patientenverfügung. Hilft ja nix! Dieses „Hilft ja nix" gilt praktisch in allen Lebenslagen – außer bei der Einnahme von Medikamenten. Da gilt: Viel hilft viel. Ölkapseln für die Gelenke, Ginkgo fürs Hirn, Johanniskraut gegen den Altersblues, Betablocker für den Blutdruck, Insulin gegen Diabetes, Viagra, weil der Wille eben nicht fürs Werk zählt. Um keine Missverständnisse aufkommen zu lassen: Insulin und Viagra brauche ich nicht! Bei zweiterem kann ich das leicht selbst feststellen und bei ersterem gehe ich fest davon aus, dass ich nicht an Diabetes leide. Zumindest spüre ich keine der klassischen Anzeichen – höchstens einen Mordsdurst, wenn Sie wissen, was ich meine.

Ansonsten: Keine Probleme! Zumindest keine, die mir bewusst wären. Vielleicht könnte mir mein Hausarzt mehr verraten, wenn ich ihm die Gelegenheit geben würde, mich mal von oben bis unten durchzuchecken. Aber das werde ich bestimmt nicht tun.

Beim Wort „Vorsorgeuntersuchung" höre ich nur die „Sorge" heraus. Ich muss gar nicht so genau wissen, was in meinem Körper vorgeht. Meine Devise: Never open a running system!

Und mein System rennt, das können Sie mir glauben! Okay, das ist übertrieben - mein System läuft. Oder genauer gesagt, geht es. Manchmal humpelt es auch. Und manchmal liege ich morgens im Bett und denke mir: „Heute kommst du nur auf allen Vieren durch den Tag."
Aber irgendwie geht es dann doch.

Ein guter Freund von mir, Rainer, hat sich einen großartigen Plan zurechtgelegt, wenn er mal einen altersbedingten Scheißtag hat: Rainer fährt zu Ikea. Nicht weil er Möbel braucht oder Appetit auf fleischlose Fleischklößchen hat, sondern weil er bei Ikea geduzt wird. Da fühlt sich Rainer wieder jung! „Hallo, känst du schonn unsärä neuä Sommärdeko mit Älch-Motivän? Holl sie dir gleich!" Jede Durchsage vom Band macht Rainer um gefühlte zehn Jahre jünger. Immer wenn Rainer den Kassenbereich hinter sich gebracht hat, rennt er schnurstracks ins Smaland-Kinderland rüber. Aber die Betreuerinnen dort weisen ihn genauso regelmäßig ab: „Tut mir leid, aber du siehst nicht aus wie acht, sondern eher wie mindestens 50."

Ein anderer guter Freund, Kurt, hat sich einen Porsche gekauft, um seine nicht mehr vorhandene Jugend zu unterstreichen. Genau gesagt, hat Kurt den Porsche geleast; Barzahlung war nicht drin, wegen der Generationenfalle.

Als er das erste Mal mit dem 300-PS-Wagen daheim vorfuhr, lachte ihn seine Frau aus. Sie meinte, der Porsche sei doch vom psychologischen Standpunkt aus gesehen nichts anderes als eine Schwanzverlängerung. Und so gesehen hätte sich Kurt keinen Porsche leasen sollen, sondern dasjenige Auto, das in der ADAC-Pannenstatistik am allerschlechtesten abschneidet – denn das steht am häufigsten. Kurts Frau kann ziemlich gemein sein.

Und alles nur wegen dieser blöden „50"! Da ist es auch kein Trost, wenn es immer heißt, die heutigen 50 seien die früheren 40 und die noch früheren 30, und im Mittelalter sei man in meinem Alter mit großer Wahrscheinlichkeit schon tot gewesen.

Und es ist auch kein Trost, wenn es heißt, George Clooney und Brad Pitt seien schon weit über 50 und sähen blendend aus, und die Frauen jeden Alters seien verrückt nach ihnen. Denn George Clooney und Brad Pitt sind zwei Männer von weltweit ungefähr vier Milliarden; also eher die Ausnahme als die Regel. Und die Regel lautet: Der Zahn der Zeit hat nicht die Absicht, dich anzulächeln. Er braucht etwas zum Nagen. Meine Mutter würde ergänzen: George Clooney und Brad Pitt sind berühmt und haben deshalb Zeit, sich zu pflegen.

Wo der Stellenwert der 50plus-Generation tatsächlich liegt – George Clooney und Brad Pitt mal ausgenommen – zeigt sich am erbarmungslosesten in der Werbebranche:

Für die endet das menschliche Leben generell mit 49 Jahren – alle Älteren sind nicht relevant, weil die sich mit ihrem Kaufverhalten an den Jüngeren orientieren.

Misstraue also dem Ausdruck „Best Ager"! Das beste Alter wofür? Zum „Ins Gras beißen"? Noch hätte ich echte Zähne dafür. Da kann sich die gesamte Menschheit – George Clooney und Brad Pitt wieder ausgenommen – auf den Kopf stellen: Jung ist man mit 50 nicht mehr. Im besten Fall hat man sich eine gewisse Unreife bewahrt. Die führt allerdings häufig dazu, dass man sich lächerlich macht; etwa in dem man in den sozialen Medien alle möglichen Aktivitäten und Tiervideos postet, um zu zeigen, dass man noch mitten im Leben steht und dazu gehört.

Am weisesten sind wohl diejenigen Menschen, die ein Geheimnis um ihr Alter machen – auch wenn sie Gefahr laufen, für älter gehalten zu werden, als sie ohnehin schon sind.

Ein niederbayerischer Weihnachtsbrauch und sein Ursprung

Zu den liebenswerten Charaktereigenschaften meiner niederbayerischen Landsleute zählt zweifellos ihre Bescheidenheit. Der Niederbayer macht nicht viel Aufhebens um seine Person, selbst wenn die Person des Aufhebens wert wäre, etwa für eine bahnbrechende Entdeckung im Bereich der Raumfahrt oder wegen eines wunderbaren Kochrezeptes. Beides mag schon vorgekommen sein, aber Außenstehende bekommen es aufgrund der typisch niederbayerischen Bescheidenheit nur selten mit. Dem Menschenschlag zwischen Inn und tschechischer Grenze genügt es, sich hervorzutun, ohne sich hervorzutun.

So lässt sich's mit dem Niederbayern in der Regel gut auskommen. Wobei ich nicht verschweigen will, dass auch hier Ausnahmen die Regel bestätigten. Man will es kaum für möglich halten, aber die von Gott gegebene und von Generation zu Generation weitervererbte Bescheidenheit der Niederbayern kann in bestimmten Fällen zum Problem werden. Zum Beispiel an Weihnachten. Der Niederbayer ist viel zu bescheiden, um Geschenke anzunehmen. Schon als Kind wird er von den Eltern dazu angehalten, einen Brief an das Christkind zu schreiben, worin er das liebe Christkind bitten soll, seine Geschenke zu behalten und stattdessen jemand anderem zu bringen.

Kindern, die der elterlichen Aufforderung zuwiderhandeln und heimlich einen Wunsch an das Christkind äußern, ist bei Entdeckung der Missetat eine gehörige Moralpredigt, nicht selten in Verbindung mit körperlicher Züchtigung, sicher. Man sagt auch, die Eltern machen ihren unbescheidenen Kindern eine „Metten". Später wurde dieser Begriff ausgedehnt: Zunächst auf die Predigt des Pfarrers in der Christnacht und schließlich auf den ganzen Gottesdienst dieser besonderen Nacht.

Der erwachsene Niederbayer schreibt keine Briefe mehr ans Christkind, in denen er höflich, aber unmissverständlich Geschenke ablehnt. Nun kommt ein anderer Brauch zum Einsatz: der des „Christkindldaschreckas" oder verhochdeutscht „Christkind-Erschreckens". Die Überlegung dahinter: Ein erschrecktes Christkind bringt keine Geschenke, sondern sucht schnellstens unverrichteter Dinge das Weite. Für die Ausübung des Christkindldaschreckas ist dem Niederbayern kein Aufwand zu groß, er vergisst darüber sogar vorüber-gehend seine zweite angeborene Charaktereigenschaft: die Sparsamkeit.

Und so funktioniert „Christkindldaschrecka": Schon im November beginnt der Niederbayer, Haus, Garage und Thujenhecke mit Lichterketten zu behängen, oder vielmehr zu verhängen. Dicht und lichtstark muss das Netz aus Ketten gewebt sein. Der Niederbayer leuchtet seinen Grund und Boden aus wie eine Landebahn auf einem Flughafen – mit dem Unterschied, dass das Christkind hier eben nicht landen soll. Verstärken lässt sich die christkindabschreckende Wirkung noch durch blau-weiße LEDs, die dem Ganzen das Flair eines Sterilraums in einem Krankenhaus verleihen.

Und wenn die Lichterketten sogar noch blinken oder einen Eisregen simulieren, dann steht der erfolgreichen Vertreibung des Geschenkebringers nichts mehr im Weg. Notfalls lässt sich mit einer Weihnachtslieder-CD von Helene Fischer nach-helfen, einer Sängerin, die ja bis vor einiger Zeit ebenfalls einen Bezug zu Niederbayern bzw. einem Niederbayern hatte.

Allerdings ist das Christkind nicht dumm, auch wenn es häufig mit blondem Haar dargestellt wird. Immer wieder schafft es das Christkind, heimlich in niederbayerische Häuser einzudringen und mit Schleifchen und Sternchen verzierte Päckchen unter den festlich geschmückten Baum zu legen. Wie ihm das gelingt, weiß nur es selbst.

Aber lässt sich der Niederbayer davon seine Bescheidenheit sabotieren? Selbstverständlich nicht! Um der Zier dieser ebenso edlen wie seltenen Charaktereigenschaft ja nicht verlustig zu gehen, haben erfindungsreiche Niederbayern den Brauch des „Christkindldaschreckas" schon vor langer Zeit erweitert. Sie üben diese Erweiterung immer am Nachmittag des 24. Dezembers aus. Es ist eine schmerzvolle, ja blutige Tradition: das „Christkindlanschießen". Zehn, zwanzig oder noch mehr Schützen stehen in Reih´ und Glied und zielen mit schweren Waffen gen Himmel. Es ist halt so: Wer nicht hören will, muss fühlen. Das gilt auch für das Christkind.

Brief der Tiere an ihren Schöpfer

„Sehr geehrter HERR,
es wird Eure Göttlichkeit vielleicht verwundern, diesen Brief in Händen zu halten, liegt doch die Erfindung von Schrift und Brief noch in ferner Zukunft, doch erfordern ungewöhnliche Situationen ungewöhnliche Mittel - wenn es sein muss, sogar einen Anachronismus. Und eine solche ungewöhnliche Situation liegt zweifelsohne vor: eine Notsituation gar, wie wir Lebewesen befürchten müssen!

In aller Bescheidenheit: die Zeit drängt! Denn wir befinden uns am Mittag des sechsten Schöpfungstages; und wie uns zu Esels-, Hasen-, Uhu- und sonstigen - Ohren gekommen ist, plant Ihr, noch am Nachmittag ein Wesen zu erschaffen, das uns Tieren, Pflanzen, Pilzen etc. überlegen sein soll. Man munkelt gar, Ihr wollt es nach Eurem Ebenbild erschaffen. Wir aktuell bestehenden Geschöpfe erlauben uns, Bedenken an diesem Vorhaben anzumelden. Natürlich käme niemand von uns auf die lästerliche Idee, Eure grenzenlose Weisheit in Frage zu stellen. Da wir aber auch um Eure grenzenlose Güte wissen, so appellieren wir an diese: Nehmt Euch ein paar Minuten Eurer kostbaren und ewigen Zeit, um unsere Bedenken zu prüfen und – so sind wir überzeugt – sie schließlich zu zerstreuen.

Punkt 1: Wenn unter uns künftig ein Wesen leben wird, das Ihr nach Eurem Ebenbild geschaffen habt, dann besteht die Gefahr, dass wir dieses Wesen mit Euch verwechseln, und umgekehrt.

Das wäre freilich nicht weiter tragisch, wenn dieses Geschöpf ebenso weise und charakterlich einwandfrei wäre wie Ihr, HERR - quasi noch ein allmächtiges, allgütiges Wesen.

Und schon sind wir bei Punkt 2: Verstieße dieses völlig identische Zwillingswesen nicht gegen die Grundregel aller Grundregeln des Monotheismus? Unter Umständen mit fatalen Folgen: Käme damit nicht etwas in die Welt, was es bislang nicht gibt: Konkurrenz? Und Konkurrenz mag vielleicht das Geschäft beleben, aber nicht das Paradies. Wir haben hier zum Glück keine Geschäfte, sondern alle Dinge, die wir zum Leben brauchen, sind gratis erhältlich. So soll es bitte bleiben! Alles andere wäre nicht paradiesisch und damit – so lautet unsere Schlussfolgerung - nicht im Sinne des Erfinders bzw. Schöpfers.

Die logische Konsequenz sehen wir Tiere, Pflanzen und übrigen bisherigen Geschöpfe darin, dass das geplante Wesen Euch zwar äußerlich ähneln würde, aber bei den inneren Werten nicht das Wasser reichen könnte, weil es Euch dieses nicht reichen dürfte! Entstehen würde ein Wesen, das einen Funken Eures unermesslichen Verstandes in seinem Kopf trägt, sich deshalb besser als seine Mitgeschöpfe dünkt und diese dementsprechend herablassend behandelt. Es könnte sogar noch schlimmer kommen: Dieses Wesen könnte in seiner Hybris Euren himmlischen Thron begehren! Ihr kennt ja den Spruch: „Kommt der Bettelmann aufs Ross, können ihn neun Teufel nicht aufhalten." Ein Halbgott in Hautfarben kann doch unmöglich in Eurer Absicht liegen, da Ihr doch bisher immer nur die besten Absichten hattet!

Wir geben zu, dass auch wir Tiere, Pflanzen, Pilze, Bakterien etc. so unsere Reibereien untereinander haben: Das Lamm weidet zwar beim Löwen, findet aber den Geruch seiner regen-durchnässten Mähne widerwärtig, die Amsel nervt das Gegacker des Huhns, der Wolf echauffiert sich über die Hauptbeschäftigung der Brennnessel, und Pilzbefall ist für alle lästig. Aber wir arrangieren uns.

Das könnte sich mit dem Einzug der neuen Kreatur ins Paradies ändern. Dieses Wesen könnte – in seinem Hochmut und seiner Halbschlauheit - das Paradies sogar zerstören und die Schuld daran am Ende auf das Zebra, die Maus, die Schlange oder die CO2-Belastung durch Vulkane schieben.

Punkt 3: Freilich könntet Ihr in diesem Fall das neue Wesen aus dem Paradies vertreiben, also bevor das Paradies keines mehr ist; doch selbst dann, o HERR, hätten wir übrigen Geschöpfe die Hölle auf Erden. Denn wovon soll sich das vom Paradies ausgeschlossene Wesen ernähren, wenn nicht von Flora und Fauna? Was bedeutet, dass auch wir das Paradies verlassen müssten. Ein mörderischer Überlebenskampf würde einsetzen: ein Fressen-und-gefressen-werden. Survival of the fittest. Die Vorstellung dieses Zustandes wird nicht angenehmer, wenn man ihm einen anderen Namen gibt.

HERR, es ist noch nicht zu spät! Spart Euch die Erschaffung eines Ebenbildes und fangt lieber mit dem Ausruhen schon heute Nachmittag an! Für den Fall, dass Ihr Euch ohne den Halbgott langweilen solltet, bieten unsere Pferde Euch gern an, Euch ein paar

Runden durch Euer Paradies zu tragen.
Oder legt einen Hund an die Leine oder eine Katze auf
den Schoß! Verfahrt mit Euren Geschöpfen ganz nach
Eurem werten Belieben, aber wir bitten Euch aufs
Inständigste: erschafft nichts mehr!

Es grüßen Euch demütigst und voll der Hoffnung
Eure Geschöpfe der ersten fünfeinhalb Tage"

Der HERR faltete den Brief zusammen – schmunzelnd
ob des Anachronismuses und des Inhalts -, steckte ihn
in eine der Taschen seines weiten Mantels, und machte
sich auf den Weg, seinen Geschöpfen im öffentlichen
Teil des Paradieses einen Besuch abzustatten. Als sie
den HERRN sich nahen sahen, liefen die Bewohner –
sofern ihnen die Gabe des Laufens geschenkt war und
sie nicht stattdessen durch ihre Wurzeln an ihrem
Platz festgehalten wurden – also, die mobilen
Paradiesbewohner liefen zusammen und stellten sich
im Halbkreis auf. Die Nervosität, die in der Luft lag,
war zum Greifen. Kein Wunder, Vieles stand auf dem
Spiel, am Ende sogar die Existenz des Paradieses. Aber
noch größer als die Angst der versammelten
Geschöpfe war die Hoffnung, Gott möge sich ihrer
Sorge annehmen - schließlich hatte er sich in den
vergangenen fünfeinhalb Tagen von seiner besten Seite
gezeigt, und das mit dem „zornigen Gott" war
vielleicht nur ein Ammenmärchen, um kleine Hasen
und Rhesus-Äffchen zu erschrecken.

Und wahrhaftig: Der HERR war kein bisschen zornig, als er vor der Gemeinschaft der Paradiesbewohner zu sprechen anhob – zumindest war ihm nichts anzumerken.

„Meine lieben Mieter, die ihr keine Miete bezahlt", begann Gott mit sanfter Stimme und doch so laut, dass ihn auch die Bäume und Pilze in der hintersten Ecke des Paradieses noch verstehen konnten. „Ich weiß ja nicht", so fuhr er fort, „wer euch den Floh ins Ohr gesetzt hat, dass ich die Erschaffung eines weiteren Wesens plane, aber seid versichert: es stimmt." Ein Raunen ging durch die Reihen der Tiere, und die Laubbäume raschelten mit ihren Blättern, doch Gott redete ungerührt weiter: „Und lasst euch sagen: Das neue Wesen wird sein wie alle anderen von mir geschaffenen Wesen auch. Es wird wie ihr friedfertig sein, gesellig, fürsorglich, tolerant und demütig. Und da es das letzte Wesen sein wird, das ich erschaffen, so werde ich noch einen draufsetzen: Das neue Geschöpf wird die genannten positiven Eigenschaften in einem so hohen Maß besitzen, dass man sagen kann: es VERKÖRPERT diese Tugenden. Man wird seinen Namen aussprechen und damit implizit die Namen all der Tugenden: Sein Name wird lauten Friedfertigkeit, sein Name wird lauten Geselligkeit, sein Name wird lauten Fürsorglichkeit, sein Name wird lauten Toleranz und sein Name wird lauten Demut. Und ..." Der Redner machte eine bedeutungsvolle Pause und sah seine Geschöpfe an wie ein Lehrer seine Schüler am Zeugnistag. „Und sein Name wird lauten Menschlichkeit. Aber ihr dürft 'Mensch' zu ihm sagen."

Das beeindruckte die Tiere, die Bäume, die Pilze, Bakterien und was sich da sonst noch im Paradies aufhielt, schwer. Wer applaudieren oder Bravo rufen konnte, tat dies so laut, dass die restliche Rede des HERRN im Getöse der Begeisterung unterging.

So zog sich Gott in seine hübsche Villa im Privatbereich des Paradieses zurück. Nur eine Stunde später präsentierte er den frischerschaffenen Menschen. Die älteren Geschöpfe begrüßten ihn herzlich und luden ihn ein, ein paradiesisches Leben mit ihnen zu führen. Der Mensch nahm die Einladung dankend an. Doch dauerte es keine zwei Tage, bis die Tiere, die Pflanzen, die Pilze, die Bakterien und so weiter der Religion entsagten und allesamt Atheisten wurden. Nur der Mensch hielt am Glauben an Gott fest. Im Paradies leben sie alle nicht mehr. Der Grund ist bekannt.

Der publikumsscheue Uhu

Was kann sich der Naturfreund Schöneres vorstellen als eine Exkursion an einem nasskalten Februarspätnachmittag? Wenn nicht mehr richtig Winter ist, aber auch noch lange nicht Frühling; wenn nicht mehr Tag ist, aber auch noch nicht Nacht? Der Naturfreund kann sich allerhand Schöneres vorstellen, zumindest, wenn der Naturfreund meinen Namen trägt, andererseits stehen die Chancen, dem ebenso imposanten wie scheuen Uhu in freier Wildbahn zu begegnen, nie so gut wie eben an einem Spätnachmittag im Februar. Dass die Luft nass und kalt ist, dafür kann der Uhu nichts.

Also verpackten meine Frau und ich uns in dickgefütterte Jacken, holten Handschuhe und Wollmützen aus dem Schrank, schlüpften in die wärmsten Stiefel, die wir hatten, und fuhren mit dem Auto etwa 15 Kilometer donauabwärts in die Donauleiten zwischen Obernzell und Jochenstein – eine Landschaft aus üppigen Wäldern, schroffen Felsen und der breiten, seeartigen Wasserfläche der Donau, die selbst bei einem so ungemütlichen Wetter und im beginnenden Dämmerlicht Schönheit und Würde ausstrahlt. Der Uhu wäre freilich das Tüpfelchen auf dem „i" - so etwas wie die Papstaudienz auf der Romreise.

Treffpunkt war ein Wanderparkplatz. Dort begrüßte der Exkursionsleiter, ein sympathischer junger Mann, die rund anderthalb Dutzend Teilnehmer und kassierte von jedem Erwachsenen vier Euro „Unkostenbeitrag" ein, was ihn gleich ein bisschen weniger sympathisch machte. Gerechterweise muss man aber hinzufügen, dass wir sofort, nachdem der geschäftliche Teil der Veranstaltung erledigt war, etwas für unser Geld bekamen: nämlich mündliche und schriftliche Informationen über Aussehen, Vorkommen, Brutverhalten und Lebensbedingungen des Uhus. Auf dem Faltblatt, das jeder von uns Teilnehmern jetzt in Händen hielt, waren sogar zwei Fotos; dass sie Uhus zeigten, ließ sich bei den mangelhaften Lichtverhältnissen freilich nur erahnen. Dann ging die Exkursion auch schon los. Noch nicht mit dem Beobachten, sondern erst mal marschierte die tierliebe Gruppe rund einen halben Kilometer auf dem Donauradweg flussaufwärts: sprich in die Richtung, aus der die meisten von uns per Auto gekommen waren. Der Exkursionsleiter hob den Arm zum Zeichen, dass wir unser Ziel erreicht hatten. Wie sich bald herausstellte, war es der perfekte Ort für einen Ausflug in die Welt des Uhus. Denn erstens hatten wir hier einen guten Blick auf eine Felsnase im dicht mit Bäumen bestandenen Hang, auf der sich der Uhu laut den Beteuerungen des Exkursionsleiters gern aufhält. Zweitens standen wir direkt über dem Durchlass eines Baches, der unmittelbar neben uns in die Donau mündete, was diese Stelle noch ein bisschen kälter und feuchter als andere machte – ein Umstand, der die Intensität unseres Naturerlebnisses nur steigern konnte, und wir alle kamen uns verwegen vor und waren stolz auf unsere Nehmerqualitäten. Es war auch gut, dass wir uns selbst bewunderten, denn der Uhu, den wir eigentlich als Objekt unserer Bewunderung auserkoren hatten, ließ sich noch nicht blicken.

Wir warteten; nein: wir erwarteten. Etwa eine Viertelstunde lang. Eine Teilnehmerin mittleren Alters vertrieb uns die Zeit, indem sie im stolzen Tonfall einer Eingeweihten und Auserwählten berichtete, im vergangenen Jahr schon einmal bei einer Uhu-Führung dabei gewesen zu sein; und damals sei der Vogel urplötzlich über der Felsnase erschienen, habe sich in die Tiefe gestürzt und sei nur höchstens einen Meter über den Köpfen der Teilnehmer hinweg gesegelt. Ein unvergessliches Erlebnis, das ihr noch immer eine Gänsehaut über den Rücken jage, zumal der Uhu bestimmt eine Spannweite von zwei Metern gehabt habe. Der Exkursionsleiter bestätigte den Bericht der „Auserwählten" und fügte hinzu, dass der Uhu durchaus eine Flügelspannweite von einem Meter achtzig erreichen könne. Wir anderen Führungsteilnehmer nickten ehrfurchtsvoll und uns überlief ebenfalls eine Gänsehaut, verursacht von der Möglichkeit einer fast hautnahen Begegnung mit einem Riesenvogel, aber vor allem von der heraufkriechenden kalten Nässe.

Der Exkursionsleiter hatte offenbar Erbarmen mit uns und machte sich daran, der Natur ein wenig auf die Sprünge zu helfen. Er fischte einen kleinen Lautsprecher aus seinem Rucksack, hielt ihn über seinen Kopf, und gleich darauf war der Ruf eines Uhus zu vernehmen – freilich eines Uhus aus der Konserve. Eines männlichen Uhus, wie der Exkursionsleiter uns wissen ließ. „Uhu. Uhu", rief der Lockvogel aus dem Lautsprecher. Eine Antwort blieb jedoch zunächst aus. Nichtsdestotrotz starrten wir alle weiterhin gebannt auf die Felsnase, und es machte uns fast gar nichts aus, dass unsere Genicke allmählich steif wurden und schmerzten. Zumindest beklagte sich keiner.

Inzwischen war es stockfinster geworden. Nur ab und zu tauchten Scheinwerfer von vorbeifahrenden Autos unsere Gruppe für ein paar Augenblicke in grelles Licht. Manche Wagen verlangsamten ihre Fahrt. Mehrmals wurden wir fotografiert. Schließlich hielt ein Fahrer an und erkundigt sich, was es da oben zu sehen gebe? Wir antworteten im Chor: „Einen Uhu." Der Autofahrer staunte: „Da oben sitzt ein Uhu?" Der Chor: „Leider nicht." Der Autofahrer gab eilig Gas, und ich glaubte, in seinem Blick so etwas wie Angst gesehen zu haben.

Inzwischen froren die meisten von uns jämmerlich, und es war im Grunde absehbar, dass wir innerhalb der nächsten Stunde sterben würden. Einen Uhu sehen und sterben – von wegen! Ohnehin waren wir noch am Leben; und das sollte sich insofern auszahlen, als aus der Felswand auf einmal ein echter Uhu auf unseren Lautsprecher-Uhu antwortete. „Uhu?" „Uhu!". Der Exkursionsleiter bestätigte es mit vor Erregung – oder Kälte – zitternder Stimme: Da hatte ein Uhu gerufen! Was in uns Führungsteilnehmer in diesem Moment vorging, lässt sich am besten mit dem freudig erregten Gefühl vergleichen, das ein Kind hat, wenn die Mutter sagt: „Ich glaube, ich habe gerade das Christkind am Fenster vorbeihuschen gesehen".

„Uhu. Uhu", machte unser Lautsprecher; und tatsächlich antwortete der echte Artgenosse erneut laut und deutlich: „Uhu. Uhu." Ein tierischer Smalltalk sozusagen, vom intellektuellen Gehalt her dem menschlichen Smalltalk nicht unähnlich. Freilich blieb der Uhu bis auf Weiteres für uns unsichtbar.

Würde sich das im nächsten Augenblick ändern? Denn nun knackte es im Hang! Es war ein lautes Knacken, eigentlich mehr ein Krachen, so als würden dicke Äste brechen. Dann wurden plötzlich Baumkronen zur Seite gebogen und ein riesiges Affengesicht erschien. Wir Exkursionsteilnehmer erschraken heftig, und wenn wir nicht steifgefroren wären, so wären wir bestimmt vor Angst davongelaufen. Der Exkursionsleiter zeigte keinerlei Furcht, ja nicht mal Erstaunen, sondern rief dem gigantischen Affen dort oben auf dem Felsen zu: „Du bist erst morgen wieder dran, Kong. Heute ist Uhu." Der Affe grummelte etwas, was wie eine Entschuldigung klang, und verzog sich – deutlich geräuschärmer als er zuvor erschienen war.

Zugegeben: Das Erscheinen des Riesenaffen war beeindruckend, aber da wir alle auf den Uhu warteten, konnte es uns nicht zufriedenstellen. Ohnehin bin ich mir nicht mehr sicher, ob Kong wirklich dort oben auf der Felsnase aufgetaucht war, oder ob es sich um das Fantasie-Produkt eines Menschen kurz vor dem Erfrieren gehandelt hatte.

Und so kam der Lock-Lautsprecher wieder zum Einsatz. Zum Glück: Der echte Uhu war noch da! Allerdings hatte er offenbar seinen Standort gewechselt: Er schien ein ganzes Stück flussabwärts und auch tiefer in den Wald hinein geflogen zu sein. Noch ein paar Mal ertönte auf unser „Uhu" aus der Konserve ein echtes „Uhu" - allerdings immer schwächer. Schließlich kam nichts mehr.

Der Exkursionsleiter hob die Schultern und sagte:
„Es tut mir leid, aber das war es wohl."

Einerseits enttäuscht über die Launenhaftigkeit des Uhus, andererseits froh über die Aussicht, bald in unseren warmen Autos zu sitzen, machte sich die Gruppe auf den Rückweg zum Parkplatz. Meine Frau und ich verabschiedeten uns vom Exkursionsleiter, indem wir ihm herzlich dankten und versicherten, es sei auch ohne sichtbaren Uhu eine unvergessliches Naturerlebnis gewesen. Als wir wegfuhren, sahen wir, wie der Exkursionsleiter sich noch mit zwei Teilnehmern unterhielt. Da war die Frau mittleren Alters, die uns vorhin von der hautnahen Begegnung mit dem Uhu vorgeschwärmt hatte, und da war ein Mann, der mir in der Gruppe gar nicht aufgefallen war – naja, es war ja auch ziemlich dunkel gewesen. Und da schoss mir ein Gedanke durch den Kopf, der so abwegig war, dass nur ein mehrstündiger Aufenthalt in der klammen Kälte ihn hervorbringen konnte – ähnlich der mutmaßlichen Riesenaffen-Fantasie: Während ich das Auto über die Bundesstraße heimwärts steuerte, überlegte ich, dass es für so eine Uhu-Führung im Grunde nur drei Leute braucht, aber nicht gezwungenermaßen einen Uhu. Man benötigt einen Exkursionsleiter; eine zweite Person, die sich als Teilnehmer ausgibt und versichert, bei einer früheren Führung schon einen Uhu gesehen zu haben; und eine dritte Person, die am Hang herumkraxelt und aus einem Lautsprecher Uhu-Rufe ertönen lässt. Wenn man dieses Trio beisammen hat, kann man sich den echten Uhu sparen. Es ist wie in einem gutgemachten Gruselfilm:

Der Zuschauer sieht nichts, ahnt dafür umso mehr, und gerade das sorgt für die gewünschte Adrenalinausschüttung.

Möglicherweise hätte uns der Anblick des Uhus enttäuscht. Und möglicherweise rechnete der Uhu damit und blieb deshalb in seinem Horst. Das ging mir auf dem Nachhauseweg durch den Kopf. Ich ließ meine Frau an diesem Gedankengang teilhaben. Sie kommentierte ihn nicht, sondern fragte, ob nicht besser sie fahren solle.

Kabarettlieder

A Wasserleich am Haferlfest

(Mitautoren: Ursi Limmer-Keim und Matthias Limmer)

Strophe 1:
I war no a Kind, do hot mei Mama gsogt:
Hoit sche brav dein Mund! Red nur, wenn man di
frogt!
So hob i´s oiwei ghoitn, es war aa bequem:
Foi ned auf, eck ned aa, so kummst guad durch´s
Leben.

Doch de Zeitn ham se g´ändert: a jeder is a Star
Ois Sänger, ois Model oder Massenmörda.
Wos kann i nur macha, es is ja scho spät?
Mir is wos Schens eigfoin, wos immer no geht.

Refrain:
A Wasserleich am Haferlfest, de mecht i sei.
D`Leut ziang an Huat vor mir und kennan mi glei.
A Wasserleich am Haferlfest, de war i so gern.
Ja, aa wer se treibn lasst, der kann no wos werdn.
Ja, aa wer se treibn lasst, der kann no wos werdn.

Strophe 2:
Steh i vor a Automatik-Tür, dann geht de ned auf.
Macht wer a Foto, dann bin i ned drauf.
Für an Maler oder Musiker fehlt mir des Genie,
Und fia an Kreis- oder Stadtrat de kriminelle Energie.

Refrain:
A Wasserleich am Haferlfest, de mecht i sei.
D'Leut ziang an Huat vor mir und kennan mi glei.
A Wasserleich am Haferlfest, de war i so gern.
Ja, aa wer se treibn lasst, der kann no wos werdn.
Ja, aa wer se treibn lasst, der kann no wos werdn.

Strophe 3:
Beim Barras ham s´ mir koan Tarnanzug gebn.
Steh nia in da Zeitung, steh immer dabebn.
Je äyda i werd, umso mehr werd mir klar:
Wer niamois ned auffoid, is a praktisch ned da.

Refrain:
Doch ois Wasserleich am Haferlfest, war i endlich
präsent.
Diaf drin in da Uiz, war i in meim Element.
A Wasserleich am Haferlfest, ja, i lass mi treibn.
D´Leut ziang an Huat vor mir, und mancher muass
speibn.
D´Leut ziang an Huat vor mir, und mancher muass
speibn.

Grablied für einen Computer-Fan

Strophe 1:
Mia stengan heit am Grab von unserm Freind, dem
Rainer.
So war sei echter Nam´, doch kennt hot den fast
keiner.
Denn Rainer war im Internet dahoamer ois dahoam.
Mit wechselnder Identität is er tausend Tode gstorbn.

Beim Onlinebanking war sei Code „I hob leider nix",
beim ADAC war er der „Nikolaus mit der Rute
Sixtysix".
Als „Reiner Unsinn" hot er twittert und als „Anna
Nym" gemobbt.
Für jeden Fall der Fälle hot er a passends Passwort
ghobt.

Da Rainer hot geparshiped, denn er war unbeweibt.
Sei Foto zoagt eahm rank und schlank und ned wia in
echt beleibt.
Zu was gibt es denn Photoshop? Das zaubert dir im
Nu
aus am fetten Sitting Bull an feschen Winnetou.

Refrain:
Rainer, Rainer, Rainer,
log dich zur letzten Ruh!
Brauchst nicht mal einen Account,
sag einfach, du seist hellward bound.

Strophe 2:
Im Grunde seines Herzens war da Rainer Philosoph.
Keine Kategorie war ihm zu trocken, und kein
Imperativ zu doof.
Er bestellt´ als „Arthur Shoppinghauer" stets bei
Amazon
und nannt´ sich „Kant-Salami" bei Pornohub Dot
Com.

Ob Facebook, Stayfriends, Instagram, Farmville,
Verajohn,
kaum hot´s im Netz wos Neis gebn, hatte es da
Rainer schon.
Wer so vui virtuell unterwegs is, duat se im Leben
schwar.
Ja, a Arbater war da Rainer ned, er war mehr Avatar.

Refrain:
Rainer, Rainer, Rainer,
log dich zur letzten Ruh!
Brauchst keine PIN und keine TAN,
 gib einfach „Frisch verstorben" an.

Strophe 3:
Am Grabe woant sei Muatta „SexyHexy
neununddreißig",
wos sie erbt, steyd sie auf Ebay. Kauft´s bitte olle
fleißig!
Denn da Rainer hot gar vui verzockt, vaschuid war er
do glei.
Drum leg i eahm aus Freundschaft a Steam-Guthaben
bei.

Für uns geht s´ Leben weiter, fürn Rainer duat´s des
ned.
Das Künftige is ungewiss, weil´s in den Sternen steht.
 Vielleicht werdn ma´n vergessn, trotz aller
Sympathie.
Doch Rainer, sei beruhigt: ´s Internet vergisst di nie.

Refrain:
Rainer, Rainer, Rainer,
log dich zur letzten Ruh!
Brauchst auch keinen Zugangscode,
sag einfach, du seist tot.

Mein bester Freund

Strophe 1:
I hob an guadn Freind, bestimmt seit siebn, acht
Jahrn.
Mia zwoa, mia san zwoa Freind, wia no nia zwoa
Freunde warn.
Mia stengan immer zamm, egal wos aa passiert.
Mia gengan mitanand durch dick und dünn. Es duat
so guad, wenn i eahm gspür.

Ja, mit eahm an meiner Seitn hot des Schicksal keine
Macht.
Er is bei mir an jedem Tag und aa in jeder Nacht.
So tiaf lass i sonst niemanden in mich hinein;
Es miassad scho a richtig guada HNO-Arzt sein.

Refrain:
Mei bester Freind, da Tinnitus, der lasst mi nia alloa.
Wenn olle andern se verzupfan, dat er des niamois
doa.
Und je schlechter es mir geht, umso lauter liegt er
mir in de Ohren.
Er sogt: Kumm´, mach´s wia i! I pfeif auf deine
Sorgn.

Strophe 2:
Anfangs war i grantig, denn da „Tinni" hot mi gstört.
Doch boid hob i kapiert, dass da „Tinni" zu mir
ghört.
Do brauch i koa Bronchitis und aa koan Nierenstoa.

De schenste Krankheit auf da Welt is da Tinnitus
alloa.

Refrain:
Mei bester Freind, da Tinnitus, der lasst mi nia alloa.
Wenn olle andern se verzupfan, dat er des niamois
doa.
Und je schlechter es mir geht, umso lauter liegt er
mir in de Ohren.
Er sogt: Kumm´, mach´s wia i! I pfeif auf deine
Sorgn.

Strophe 3:
Mia gengan jeden Abend furt und bleibn bis in da
Fruah.
Wenn Olle am Tisch schlafan, hör i meim
„Tinni" zua.
Und wenn da Wirt dann sogt, dass sche stad zum
hoamgeh ward,
dann sog i: Interessiert mi ned, denn es is ja ned sche
stad.

Refrain:
Mei bester Freind, da Tinnitus, der lasst mi nia alloa.
Wenn olle andern se verzupfan, dat er des niamois
doa.
Und je schlechter es mir geht, umso lauter liegt er
mir in de Ohren.
Er sogt: Kumm´, mach´s wia i! I pfeif auf deine
Sorgn.

Betroffenheits-Lied

(Mitautoren: Ursi Limmer-Keim und Matthias Limmer)

Strophe 1:
Schau i in da Friah ins Internet,
legad i mi am liabsten glei wieder ins Bett.
Weil in da Nacht is wieder so vui passiert.
Und i frog mi, und i frog mi, wos aus dera Welt no
wird?

Bomben, Attentate, Flüchtlingsboote, Hurrikan,
Tsunami, AfD, Hochwasser, Donald Trump,
Ozonloch, Gletscherschmelze, Flugzeugabsturz,
Hungersnot.
Heute noch ratzfatz, und morgen mausetot.

Refrain:
I sing a Liad gegan Kriag,
denn so a Kriag, der is ned seltn mörderisch.
Und i sing a Liad gegan Hunger,
denn Hunger auf der Welt geht mir genauso gegan
Strich.

I sing a Liad für die Freiheit
Für Toleranz und Liebe unter allen Menschen.
Und i sing a Liad für die Hoffnung,
die zuletzt stirbt, aber vorher so schön grün ist.

Strophe 2:
Warum steht Oana im Abseits, warum wird Oana
gmobbt?
Nur weil er koane Fiaß hod und gern bunte Sockn
trogt.
Es war doch ois so einfach, ja so einfach war des
Leben,
wenn Olle wia i dengadn. Es miassad mehra wia mi
gebn.

Refrain:
I sing a Liad gegan Kriag,
denn so a Kriag, der is ned seltn mörderisch.
Und i sing a Liad gegan Hunger,
denn Hunger auf der Welt geht mir genauso gegan
Strich.

I sing a Liad für die Freiheit
Für Toleranz und Liebe unter allen Menschen.
Und i sing a Liad für die Hoffnung,
die zuletzt stirbt, aber vorher so schön grün ist.

Strophe 3:
Seit zwanzg Joahr tingelt i erfolglos durch d´Provinz.
Doch iatzt röhr i auf Youtube – und i merk: Hey, des
bringt´s!
Man teilt mi dann auf Facebook, und ganz
Deutschland klickt.
Des nennt ma „Klicks im Unglück" - de hot mir da
Himme gschickt.

Refrain:
I sing a Liad, und stell's ins Netz,
und Jeder, der des hört, spürt, dass er zu de Guaden
ghört.

Es geht ins Herz und geht ins Ohr,
es ändert nix, doch es kriagt hunderttausend Klicks.

I sing a Liad gegan was auch immer,
hab jede Menge Likes, aber keinen blassen Schimmer.
Und i sing a Liad für ..... is mir doch gleich!
Hauptsach, i werd entdeckt, i werd berühmt
und i werd reich.